马振骋译文集

大酒店

〔法〕克洛德·西蒙 著
马振骋 译

人民文学出版社
PEOPLE'S LITERATURE PUBLISHING HOUSE

著作权合同登记号 图字 01-2018-9141

图书在版编目(CIP)数据

大酒店/(法)克洛德·西蒙著；马振骋译.—北京：人民文学出版社，2021
(马振骋译文集)
ISBN 978-7-02-014857-8

Ⅰ.①大… Ⅱ.①克… ②马… Ⅲ.①长篇小说-法国-现代 Ⅳ.①I565.45

中国版本图书馆 CIP 数据核字(2019)第 013763 号

责任编辑 **甘 慧 张玉贞 汤 淼**
封面设计 **钱 珺**

出版发行 **人民文学出版社**
社 址 **北京市朝内大街 166 号**
邮政编码 **100705**
网 址 **http://www.rw-cn.com**

印 刷 **杭州钱江彩色印务有限公司**
经 销 **全国新华书店等**

字 数 **112 千字**
开 本 **890 毫米×1240 毫米 1/32**
印 张 **5.625**
版 次 **2021 年 1 月北京第 1 版**
印 次 **2021 年 1 月第 1 次印刷**

书 号 **978-7-02-014857-8**
定 价 **49.00 元**

艺术，领会重于理解

马振骋

记得小时候看历史绣像章回小说，常见这样的句子：梅开二度，话分两头，在下一支笔难叙两件事，且说……但是克洛德·西蒙偏要用一支笔来叙两件事，于是他用括号内的话表示第二件事的同时性，他有时不但叙两件事，还要叙第三件事，于是他在括号里再用括号，在一个括号内甚至多至四五个括号。有时他用了前半括号又有意不用后半括号，这样有头无尾的半括号或一个半括号，类似电影中的淡出，一个镜头渐渐衔接到另一个镜头，让读者顺势融入下一个情景中去。

我国古代文献典籍是不用标点符号的，在克洛德·西蒙的小说中往往整页也看不到一个标点符号，他在一九六〇年回答一名记者提问时说："我这样写，是因为来到我的笔下就是如此。我若停下加上一个句号或一个逗号，就会打断我的思路。"所幸在《大酒店》中只有半页如此，译者援用克洛德·西蒙与出版人的协议，"在那些确实会引起混淆的地方加上逗号或句号"。这样抑制一下作家如涌泉似的文思，以便让读者能够跟上。

时间的长河也有上游、中游与下游，昨天过后才是今天，今天过后又来明天。明天的事，章回小说里只是说：这是后话不表。但是克洛德·西蒙偏要后话先表，或者前话后表，有时还把前话、今话、后话一起表，犹如一时百感交集，力图让它们同时出现在一张画面上，仿佛组成了一幅超现实主义绘画作品。

思路清晰、语言简明，使海明威的文笔一时成为楷模，但是克洛德·西蒙偏要写得语无伦次，欲言又止，不明不白。话说至半句不时地有个停顿或补充，于是他的小说中说不完的“这就是说……”“或者不如说……”，对叙说进行更正、修饰、补充或微调。

还有，克洛德·西蒙的人物不愁分身乏术，不但可以意志脱离身体天马行空，也可以身体独立于意志而擅自行动；还可以把自己分成两个对话的人，再把第三部分作为场景出现……这简直是孙悟空大战二郎神。

这一切都因为克洛德·西蒙是一位新小说派作家。萨特早在为娜塔丽·萨洛特《陌生人的肖像》(1944)作的序言中，把她类似这种别出心裁的创作方法称为“反小说”。一九五七年，法兰西文学院院士埃米尔·昂利奥主持《世界报》文学专栏，他提到了罗伯-格里耶的《嫉妒》(1957)和再版的娜塔丽·萨洛特的《趋向》(1938)，他说由一名农艺师单调乏味叙述的非洲风景画和一名女律师事无巨细照录不误的“次对话”，晦涩难懂，令人不能卒读，这是文学中的双重异端。他谑称为“新小说”。

那时西方社会正经历着变革，经济从战后恢复期走向消费社会，艺术、思想、意识形态领域中一切奉为神圣的想法和格式都受到冲击。罗伯-格里耶在一九九七年的一次采访中回顾说："我们最初几篇理论性文章是有颠覆性的……我们像一群不信神者、恐怖分子那样往前直冲，我们是被宗教弃绝的人，大家感到革命在心中燃烧。"

来自官方文学院的攻击必定会遭到文学叛逆者的反击，于是引发了类似十九世纪浪漫派与古典派围绕雨果的诗剧《欧那尼》那样的论战。当时被归为新小说派的作家队伍几乎是现成的，因为米歇尔·布托《变》、罗贝尔·宾泽《海盗格拉尔》、杜拉斯《如歌的行板》、克洛德·西蒙《风》、娜塔丽·萨洛特《怀疑时代》、萨缪尔·贝克特《结局》都已纷纷出版，他们接过新小说派的称号（这点像印象派一词，原来只是评论家口中的贬词），在"反文学"的口号下，抨击老掉牙的"柳条筐美学"。

新小说派作品的发表，最初得力于杰罗姆·林登；他主持午夜出版社，有胆识地接受了一批其他出版社都拒绝接受的稿子。其后四十多年，新小说派一直很风光，争论不断，成为现代文学史中重要的篇章，阵营中还出了两位诺贝尔文学奖获得者萨缪尔·贝克特（1969）和克洛德·西蒙（1985）。

其实新小说派大纛下的作家，并没有统一的理论，没有共同的宣言，没有公认的领袖，没有自己的刊物。相反，贝克特、罗伯-格里耶、西蒙、杜拉斯、萨洛特的风格、智慧、宇宙观还很不相同，况且他们自己也不明确承认是新小说派，只有一点是一致的：反对以巴尔扎克为代表的传统创作方法，排斥故事情节，漠视人物塑造，摒弃心理描写，不讲究美文风格，不理会“布尔乔亚大众”的读书情趣。尤其认为用虚构的小说来为无序的世界传达一定的道德和教诲是荒唐可笑的。

一九八五年，诺贝尔文学奖出人意料地授予了克洛德·西蒙。人们历来指责瑞典皇家学院当年没有把文学奖授给二十世纪最大的两位文豪托尔斯泰和普鲁斯特，有许多获奖者在文坛上又只是昙花一现的人物；一名负责接待的人员在申辩时说“诺贝尔奖不是世界杯比赛”，这次决定再度使人对诺贝尔文学奖的权威性表示怀疑。不管怎样，大家开始知道了那时七十二岁的克洛德·西蒙已经默默创作了四五十年，出过十七部小说。他的处女作《弄虚作假的人》出版于一九四五年，第一部重要作品《风》发表于一九五七年，此后他差不多每年都有作品问世，《弗兰德公路》(1960)、《大酒店》(1962)、《历史》(1967)、《法萨尔之战》(1969)，二十世纪六十年代这四部杰作使他成为法国文坛的一位重要作家。此后又出版了《盲人奥利翁》(1970)、《导体》(1971)、《三联画》(1973)、《农事诗》(1981)。一九九七年他的《植物园》问世。

克洛德·西蒙一九一三年生于当时法属殖民地马达加斯加岛塔那那利佛，父亲是骑兵上尉，他还不到一岁时，父亲在一次战役中阵亡。母亲原籍西班牙，携子到距西班牙边境不远的佩皮尼扬过日子。克洛德刚过十岁，母亲也故世。他由亲属抚养，迁往巴黎，在斯坦尼斯拉斯中学毕业。一九三三年他随立体派画家安德烈·洛特学绘画，一九三六年去巴塞罗那，其时，西班牙共和政府在附近跟叛乱的佛朗哥部队进行激战，这场残酷的内战对他的一生影响很深。“二战”爆发，西蒙应征入伍，在骑兵团服役，参加了第二年的加默兹战役。五月十二日一天内骑兵团损失四分之一人员，接着几天边打边撤，十七日陷入德国坦克兵的埋伏，他当了俘虏。十月，他越狱回国参加地下抵抗运动。战后他游历了许多国家，在乡间种植葡萄，并从事写作。

《大酒店》在克洛德·西蒙的创作中，是第一部尝试文字与画相结合的作品。《大酒店》里只有几个面目模糊的人物，看不到明白的情节脉络，一名法国大学生用两副前后相隔十五年的目光去看西班牙的那场内战。克洛德·西蒙在一九六二年对《快报》记者说：“不，这不是一部写西班牙革命的书。这是一部写‘我的’革命的书。西班牙革命？要写得有价值，必须花几年工夫，查阅档案，做历史学家的工作。一名小说家只能对事物有一个主观的、局部的，从而是虚假的看法。”他还说：“马尔罗谈到西班牙战争，这是一名战士在描述战争事件。我的书是根据我对巴塞罗那发生的事的模糊回忆写出来的。”

因而，《大酒店》整个内容无头无尾，但是片断情节有声有色；克洛德·西蒙向读者传递的不是一个悲欢离合的故事，而是朦胧飘忽的印象。词、词组、标点、空白，这一切组成一幢感觉建筑物，而且还是巴洛克式的建筑物。梦幻通过文字得到体现而留了下来。他力图把文字当做色彩、音符和镜头使用，表现世界在他心中引起的模糊性、多面性和同时性的感觉。

艺术作品是供欣赏的，没有欣赏者艺术品也会湮没无闻。当康定斯基投身于绘画艺术时，他知道从具象画到抽象画，要让评论界和大众接受，必须做一番艰苦细致的理论阐述介绍工作，否则一张画纸上尽管盖满按一定法则组成的和谐色彩，对于没有思想准备的观赏者来说无异于一张白纸。新小说派把讲故事为主的小说演变成可以信手写来的小说，用一名评论家的话来说，“历险的叙述变为叙述的历险”，对于初读者来说，确也是一次“阅读的历险”。

如果心里有所准备，那么看到小说中一掠而过再也不提的感觉和想法，就不会感到措手不及；看到时间与空间的跳跃，不会感到如堕云雾；看到出格的标点、不全的括号、难解的隐喻、奇特的词语搭配，统统不要感到突兀和急躁。本来阅读一件艺术品，必须先顺着作者的思路去体会。罗伯-格里耶说：“对西蒙的同一部小说，一百名读者有一百种读法。”克洛德·西蒙自己也说：“为什么不把现代小说当作现代绘画看待，就是说只在小说中寻找它所提供的东西，这样当然必须改变阅读的方法。”

施康强先生在他的书话《第二壶茶》中，有一章专门论述克洛德·西蒙的小说技巧，说得很生动：“以比较好懂的《弗兰德公路》为例，一般读者读第一遍，像碰到一团乱麻……如果他有耐心读第二遍，这一团乱麻便能理出一个头绪。随着阅读的深入，他好像在做破译密码的工作。掩卷时他会有一种猜到谜底、解破密码的快感。不过这仅是初级层次的阅读……如果读者还有兴趣读第三遍，他将发现，这部表面上叙述混乱的小说其实服从一个严格的、巧妙的内部结构，情节的支离破碎是有意安排的，各个情节碎片像一幅画上的各个色块，在作品不同部分相互呼应、折射，从而产生线性叙述不可能达到的立体效果。”

要读者读第二遍，读第三遍，这在充斥快餐文学的今天，似乎是一种奢望。但是既然当今游戏软件、漫画、绘本已变得老幼咸宜，那么这类作品也有点像搭积木、玩填字游戏，我愿意相信有不少人在阅读时会提起兴致来细细品味这杯功夫茶。

旋转[①]：物体围绕一个点或一个轴作圆周运动，在同一条虚线上周而复始。

《拉罗斯词典》

① 法语中，Révolution 原义为“圆周运动”“旋转”“公转”等，引申义为“急剧变化”“革命”等，这里显然是两义并用。

I
清　单

突然间，空气嗖地颤动，旋即又凝住（以致它在那里，两只翅膀已经收拢，完全一动不动，他们根本就没看到它飞过来，仿佛它不是飞过来的，而是被魔术师的魔棒一指，骤然活生生地出现在阳台上），其中一只飞来停在石头栏杆上，身体巨大（显然因为大家对它们总是远看的），重量出奇（像一只瓷器鸽子，他这样想时心里也在纳闷，这座城市里，大家操心的就是找到食物，这些鸽子怎么会这样肥，又怎么会不让人家逮住炖了吃），光溜溜深灰色羽毛上有花点子，后颈闪烁碧绿的反光，紫铜色前胸，珊瑚色爪子，逗号似的尖嘴，鼓鼓的咽喉：它在那里待了一会儿，眼睛又蠢又圆，头毫无道理地左转右转，一连串细小迅速的动作使姿态变幻不定，然后（显然因为房间里有人做了个动作或者出了点声音），它又像停落时那样突然飞走了。

这里，房间墙上都镶护壁板，或者不如说，都描有线脚，勾勒出特丽亚侬灰漆护壁，这好像是号衣，成批生产的全球性标准粉刷，如同侍者的工作服，看门人的缀饰带的制服，为了向游山玩水的亿万富翁提供挥霍的特权，出天价坐游船，上飞机，乘卧铺车，横越海洋大陆，住进一家套房，换上另一家一模一样的套房，这样，他们无疑可以舒心地诅咒命运，让他们不停地从靠了人驮而建筑在或者不如说矗立在雪山顶上的大酒店，流浪到另一家棕榈树环绕的大酒店（然后又来到冰天雪地的荒原中央，然后又来到摇曳生姿的棕树的飒飒声下，这一切既没有结束也没有改变的希望，除了时而去看一下珠宝店的橱窗，那是窗内的风景了），再说那间特丽亚侬灰墙的房间，墙上光秃秃没有陈设，只是在每块壁板中央都有一块颜色较浅的长方形影子，表示这里曾经放过一幅也是特丽亚侬风格的画，传统上是用法语标题（《荡秋千》或《夺衣》），写在画的下面，四周有玫瑰花环作为边饰（同样的——同样的花，同样的颜色——环绕在秋千绳上，或染在一只奶头上），房间家具已经搬空［床、靠椅、窗帘、地毯，它们也是在一次革命前夕设计后，从此一成不变的全球风格①（这些大酒店设计后仿佛除了让劳累的亿万富翁休息以外，就是为了让当权时间长短不一的政府定期征用的，房内的浴缸不是浸泡阿根廷阔太太拔了毛的身体，就是堆放警察局的档案），家具（枝形灯、叠橱式写字桌、清漆安乐椅）显然也是向一家自动化工厂成批订购的，那家工厂日夜不停地向山里，向海边，向大都市中心地区，倾销成吨成吨的用机器雕刻上漆的花叶边饰，大型写字桌，出人意料的裸体雕塑，戴三角帽穿丝绸的忧郁的曼陀铃弹奏者］。家具全部搬空（甚至比搬空还要空，可以说刮空、铲空），显然这符合这么一条规律，它要求一切由人的实体组成的武装队伍，首要

---

① 原著的标点符号使用很不规范，如这一句，像序言中说的有上半括号而无下半括号。下同，不一一加注。

任务是把占领房屋内部的东西有系统地搬走，仿佛手枪、步枪或机枪的发明成了一种障碍，一种格外的负担，因此要推到背后，它们左右摇晃，稍一动作背带就沿胳臂往下滑，乌亮的钢铁武器气势汹汹，恶心恶意，撞上了（这也是材料的反攻或报复，它从悠悠的远古时代，待在黑暗的地心，一旦出世就是为了完成谋杀和暴力的天职，而今却叫它偷鸡摸狗似的做这类家务劳动）戴头盔、穿皮靴的搬运工的胫骨，把他们挤在楼梯上动弹不得。在这里床垫、座钟像候鸟似的迁徙，也渐渐塑造了神秘的历史和世界的命运。

然而，还要想到同时起作用的还有另一条规律（一种必然后果），有点像物理学的连通器规律，根据这条规律，连通器内各部分液体的水平面应该是相同的，这样说来历史不是由简单的迁徙形成的，而是由一系列内部变化和分子转移形成的（就像有人说，用锤子敲击一块金属，金属内部的分子就会产生真正的易地放牧，或者不如说真正的四对舞），以致他好像看到楼梯上有两行人（上楼的一行，下楼的一行）口吐粗话，身子摇晃，交叉而过，这两行搬运工占领者，在双重的负担下直不起腰来，他们都有武器装备，此外还有（下楼的一行）镶嵌细木的饰物柜，带花边雕刻的梳妆台，诱人的裸体画，跟搬运生活设施的人（上楼的一行）交叉而过，他们搬的不是治疗巴西亿万富翁思乡病用的雅致的点缀品，而是（在四周墙上有灰色壁板的房间里）：

第一，一张普通木头大桌子，桌面上盖着一块锌板（还是铅板？），四边包角，上钉钉子，好像学校或者慈善机关的大食堂用的那种；慈善机关大食堂实行物物交换，用人间粮食（由慈善机关提供）交换精神价值（祈祷、饭前经或饭后经，由另一部分受惠者小学生或流浪汉匆匆或者不如说细嚼慢咽完成的），从样子来看桌子来自（搬自）一座修道院、一所学校或者一家疯人院（在一个由教会掌握——或者不如说几星期以前掌握——流民教育和收容垄断权的国家，这三者其实为一物）。可是这不是从桌子看出来的——除非认为数不清的抹布在发白的金属桌面上经过数不清的抹擦（也像大家说的，金属“记得”自己挨了多少下锤子，到了一定的数量后，就会产生一种饱和现象，一种结构变化——那时，它内部可能变成蜂窝状，把永不间断的污染源收留在物质中看不见的孔眼中），在金属板面上留下平行的、弯曲的、珠光闪闪的细纹路，最终使桌子也浸透了食堂的怪味，把这些洋葱、花菜、甜瓜、常年不用哈喇油的发臭的、发热的、发膻的气味带进了亿万富翁家，不但带进蓬巴杜风格的灰色房间，还带到走廊里，楼梯上，从前都是委内瑞拉的公子哥儿和英国贵族出入的地方。就像有人说的，身体向外散发内臭，现在他们自己也好似处在巨人的五脏六腑内，直至打开窗户，大家才想到这不是酒店（富丽堂皇的突饰、涡形图案、波形图案早已不作原来的用途）这样发臭，而是整个城市，仿佛在令人窒息的阴沟迷宫上面泛黄招灰，风化腐烂。

第二，两张餐厅椅子，德国仿文艺复兴式，黑木雕花高靠背，顶部有一个椭圆形盾状纹章，微微向外鼓，四边是涡形装饰，摹仿卷边的羊皮纸，靠背上有两条直档，下面是螺旋形柱的椅子脚，座位上盖着一块起毛的石榴红灯芯绒，绒头已脱，露出中间发黄的经纬线。

第三，一张小写字桌，上面是一堆文件，一台黑色打字机，制造厂商标（雷明顿）是用金字写的，已一半褪色。

第四，一张大的美人榻（这好像不是从一座修道院，而是从一家高级妓院，要不就是从主教的宫殿里搬来的），镀金木头（不是贴上金箔，而是用一种以铜为原料的黄色廉价漆——据此推测更有可能来自妓院），罩着一块褪色的或者不如说玫瑰色的红丝布，有波纹闪光，靠背上成色还新，但座位上已经磨损，纤维稀稀落落垂直往下挂，好像头发一样。

第五，黄色清漆木头摇椅，靠背和座位是藤条做的，成色好。

第六，木制厨房椅子，草编木框座位。

第七，两张照片用图钉钉在墙上（不完全在取走的香艳图片的原地，以致发白的长方形影子还是很明显），正对着两道侧墙（这两道墙又与窗子的那道墙是垂直的）；这两张照片大小相同（不很大，差不多一张打字纸那么大小，再加上一条白边和一条两指宽的外框），砑光纸，一张上面是男人的头像，头发和胡须都像《圣经》里的先知，上身却穿一件西服上衣，额头高而宽，头发鬈曲，挂到耳朵上，另一张上面是一个微笑的男人，方脸，黑色小胡髭，穿一件军服领口的深色粗布短上衣。

在窗子左面的壁板上（窗下面是一张小桌子，桌面上一台打字机，斜放在房间的角落里），一张城市地图，用黄颜色标出一片片房屋，马路井井有条，像棋盘似的（那个美国人说："……像阴沟栅栏，要是把阴沟栅栏翻起来，准能发现下面一具新生婴儿的尸体，包在一张旧报纸里——也就是一个月前的报纸——上面都是危言耸听的标题。是因为这个才臭得这么厉害，不是贫民区楼梯上的花菜或洋葱，不是堵塞的厕所；而是一具烂尸，一个大脑袋胎儿，包在一张印刷纸里，就因为医生们的意见不一致，在预产期不到前就死了，然后包上有文字的裹尸布，扔到阴沟洞里的大头小昆虫……"），那个头长得像小学校长的家伙，他在小桌子后面，坐在宗教改革时代德国主教的椅子上（或者不如说座堂上），这时候盯着他看，满脸不悦的样子，嘴里说："哦，别说啦！"美国人半个屁股坐在食堂大桌子的边沿上，正把最后一颗子弹推进弹夹，又把弹夹放进他巨大的转轮枪枪托，他说："一具发臭的木乃伊，自由报刊的外国通讯员组成热情洋溢的大军，在打字带上敲出几公里热情洋溢的字句，像脐带似的把它裹着勒着。他们是前革命幼稚病的牺牲品：支持和重视来自尊敬的曼彻斯特卫……"小学校长："哦，闭嘴吧。"美国人站起身来（拍拍半边屁股，往下滑，又往上抬——或者不如说挺起身，伸直腰——把转轮枪插到裤子的腰带上，把上衣的扣子扣到肚脐上，走近窗子，在阳台上弯身，背朝着房间里的人，仿佛对着天在说（但是用西班牙语）：“那么葬礼是在几点钟？”小学校长看了他一眼，然后耸耸肩膀），马路有平行的，也有对角线交叉的，把方方正正有规则的房屋群斜向切开（但是每个方方正正的房屋群都截去一只角，以致这些切掉了边角的房屋群实际上成了八角形，四条边大，四条边小），在那个学生看起来，那片八角形房屋群，都像是一片肮脏的黄色，坐落在一片肮脏褪色的蓝海旁边，沉浸在带白色的烟雾混合体中；从海面吹过来微弱但是顽固的风（不够强，连棕榈树不动的叶子也吹不动，但是倒可以把成吨成吨发乌发腻的空气慢慢引过来），不间断地把烟雾混合体往房屋群方向推，堵着压着灰扑扑的棕榈树大道，灰扑扑的草坪花园，死气沉沉的一排排笨大楼房，楼面上整齐划一都是洗不掉的黑色油腻，面包似的笨大宫殿，竞技场，闪闪发亮没有新鲜感的笨大喷泉，死气沉沉密密匝匝的小路、大路、广场，都是以国王、圣徒、教条、战役命名的：野蛮、花哨，好像令人害怕的灵台，好像躺在花床上的死人，一份阴沉沉的清单，一种无情的宗教阴沉沉的连祷文，无情、骄横、神秘，盖满了脓包、腐肉和不可愈合创伤的历史连祷文。

十字架路

圣墓路

圣血路

玫瑰经路

圣克里斯多瓦尔路

皇家广场

骑士营

弗洛里达布兰卡路

奥古斯塔路

纪念碑广场

百人议会路

塔伦坦盟约路

传染病医院路

可以看到——像在雪茄盒盖上，夹在椭圆形孪生的族徽中，四周是华丽缤纷的镀金涡形装饰交织的花体字，手指摸上去感到有点凹凸——一代代戴了冠冕的白痴王后，一代代翘胡子、抄下巴的国王，而在他们后面是一群群军队司令、总督、将军，戴尖顶头盔，长一副贼相，腰里挺着大肚子，身上裹着颜色鲜艳的制服（白、浅黄或水青），金刚钻四处发光，鹰嘴主教，侯爵夫人，拿扇子的青楼女子，手脚不干净的议员，烫小花头发的公证人或律师（今日秃了顶，金丝边眼镜，深色格子套装，既豪华又有气派，像皮条客穿的一样），银行家，扔炸弹的人，穿褶裥圆裙的侍女，擦皮鞋的人，穿磨损的斯本塞式上衣的咖啡馆或酒吧侍者，从南方各省来的，在那里人倒是按照传统平静地饿死的，还有那三四万名妓女（配合民政机关），清除城市每天的垃圾，可以说使城市的生殖器官功能良好，安分守己，这些妓女都是作为牲畜存栏数和卫生组织的名义进口的，就像奥德皇家世系的外国国王与英国血统和法国血统（女人）进行异种交配，这些国王都是给哈瓦那雪茄牌子做广告用的，或糖果店盒子做装潢用的，那些糖果像轻歌剧里的军队，颜色刺目耀眼（绿的，黄的，红的，橘红的），在破裂的糖衣下，在褶裥纸的摇篮里挤在一起排列成行。

然后，他看到自己，也就是说几年后，他只是自己的残渣，或者不如说身后留下的这道痕迹，这个污点（粪便什么的）：好像通过望远镜的小头看到的小人物，在那里，在远处，动作激动，可笑自负，指手画脚，在回忆的要求下无穷无尽地重复（甚至不需要记忆的要求，甚至不用邀请就闯了进来，就像这些演员，这些电影里的三流演员，死了忘了好长一段时间，总是准备在闪烁的荧屏上无休无止地重现同一个愚蠢的英雄美人的场面，舞台监督一发信号，打开门，往前走，微笑，举起手——然后又一次被人遗忘，陷入虚无，他们也总会在某个地方，穿得整整齐齐，化了妆，不知疲劳，渴望着鼓掌声，无疑会站在通往舞台的这扇布景门框背后，焦急地等待着信号，也就是等待着这一时刻，麻木的流动电影放映员，在露天场所，在农村广场，或者粮仓里，放映那些老片子，启动马达，让他们第一千次打开门，往前走，微笑，举起手，这同一张脸毫不见老，搽了浓妆，盛气凌人，目空一切），没完没了地重复这同一段人生：讨厌，可恶，不看也得看，不让插入也插入——以致看到自己有一种又惊讶又恼火的样子、不相信的样子，看着在显微镜下张皇失措的替身想："这，是我吗？这？"

这差不多十五年过去了，现在他在一张吧台面前，坐在或者不如说高栖在一张有扶手的红漆布座子上，座子支撑在一根手臂那么粗的钢柱上，像一只蘑菇，脚下像铆钢甲似的用铆钉铆死在地板上，仿佛酒吧和餐厅整个儿设计：铜器，闪闪发光的镀铬物件，紫藤似的不可食用的半裸美女釉彩陶瓷像，再加上它的庞贝式装饰，这一切都按照坦克或者战舰的模式设计的，预防或者预见可能突然会有一群疯狂的、衣衫褴褛、饿狼似的海盗冲上来袭击，一眨眼工夫把一切都掠走，把一切都吞噬，不但把一切正常情况下可以吃的东西，甚至家具，包括钢、漆布和马鬃——食品本身（满满一箱箱虾、枪乌贼、色拉米、纸筒冰激凌、火腿、辣椒、甜瓜、烤牛肉、烤鸡、橘子、香蕉和黏糊糊的蛋糕）都放在吧台后面，琳琅满目，只有在贫苦人家才遇到的这种炫耀式的大吃大喝，受到一块铝合金框架玻璃挡板的保护——也就是说群众可看不可碰，但是服务员和灰尘还是照进不误——显然没有人碰过，也是不可碰的，不是放着吃的——至少不是给顾客吃的——而是放在那里（虾、甜瓜、盒装鸡、清漆树脂似的小馅饼），放上就永远放着了，就像那些上坟的祭品，看墓人（服务员）自己仿佛是个死人（或者至少像童子鸡一样，是用一种发赤的、发硬的材料做成的），穿了脏得有点发亮的白上衣，面孔憔悴无肉，眼睛发烧，头发烫过抹上了发蜡，像假的一样，动作短促发急，缺乏个性，僵硬枯索，像个机器人，像个操练的小兵：完全是同样的气味，同样哈喇油和盥洗室的怪臭，在玻璃窗外，同样的广场，同样的月桂树丛，同样的棕榈树，同样的大肚皮鸽子，在滴水的承水盘边沿上高视阔步，或者在行人的四周嬉戏，不理会以前盖在这块地方的那家银行，在正门前后左右到处乱转（银行在最后一次失火中烧掉了，建筑物依然竖在那里，复杂的内脏解剖叫人看了害怕（不再是装地毯铺软垫的五脏六腑，以前，那些穷极无聊的亿万富翁在里面踱来踱去，吃喝拉撒，睡觉，增寿，繁殖；现在是一堆横七竖八烧成鱼鳞片的焦土烂木），正立面有八十扇窗孔，在天空中前后对穿，但是总好像有巨大的火焰幽灵，闻风不动地，愤怒地，垂直地从那里往外蹿——以致它现在看起来像是一道城防围墙，仿佛它要继续矗立在那里，魔怪似的，张着大口，全身虎皮纹，不认输，那座充满复仇心理的巴比伦高墙，都是用贪财的小储户怀着狂热献上的一块块还愿碑砌成的，而在银行家那里接受、汇总、集零为整，就成了一行行利润丰厚的数字），在那后面（在那高而细的棕榈树后面——有一个孩子向鸽子扔粮食，大约奔跑起来吓着了它们，因为它们突然飞了起来，像一群羽毛，广场的上空有一会儿全都是点点羽毛片，形成白色掀动的垂帘，受到多种气流（有的鸽子刚刚起飞，有的鸽子已经停下来了）和相反气流（鸽子总是围绕广场螺旋式上下飞翔）的摆动，几百个浅色颤动的点子在不同的平面上梳齿似的穿梭，最近的从左向右，最远的从右向左），像一块移动的幕布，在那后面他通过酒吧的玻璃，好像看到它毫无损伤地在竖立它的岩状、膨胀的建筑物，在这个建筑物上有几块薄纱横幅，从一座阳台挂到另一座阳台（就像邮票上盖的更改票值的印记，用一种简单的公式一下子改变了镌刻师用丰富的数字、寓意和装饰努力要象征的意义和价值），好像浮夸天真的宣言，在整幢楼的正立面，用红黑两种颜色的字展现骄傲的、神奇的征服公式和占有公式——鸽子两翼颤动，振翅飞舞，上下翱翔，终于落了下来，银行又露出了冷而裸的墙头，几何形的，方形的，上面还突出那张涂脂抹粉的脸正在向他微笑，他在想她从什么时候起坐在这里的（不是在紧挨着他的座位上——她在中间留了一个空位子），她年轻结实的肉体在发亮的黑纱下像是一种神秘的沸腾、一种秘密——对着他微笑，表情既谦卑又讨好，天真谄媚，直到他转过头，从口袋里取出一卷东西（不是纸，更像是几片薄而毛茸茸的吸水纸，显然也不是钱，也就是说不可能在上面看到一个数字，不可能辨别出什么，除了一些发绿的或棕色的油腻腻污点），呼唤侍者，看着他从酒吧的另一头钻了出来，急躁，疲惫，听候吩咐，这时拿了钞票的那只手指一指空杯子，同时又试图猜一猜他（侍者）可能有几岁（他得出结论，跟自己年龄差不多），这时禁不住，按捺不住，朝着巴比伦银行那块空地挥一挥手，说："喔，他们在那个地方盖的是这个？"侍者通过玻璃扫了一眼，目光野蛮的，死的，中性的，然后转过身，用这个无个性、听话、响亮、就像他报菜单的声音说："是的，先生！"脸上没有表情，没有肉，在他数钞票时，又憋不住，抑制不住对他说话，说起日期、年份、制造年份，这对城里所有的人来说并不都指一种当地佳酿，而指某个东西（不是醉——或者含义更广），不是任何葡萄酒、任何白酒所能引起的（在一名服务员和一个妓女面前提起制造年份，这本身就是一种失礼——那么也可能他还是没有说，他还是管住了自己——也就是说管住了自己的舌头，自己的嘴唇，因为，从表面上来说，这仿佛是他说了出来），侍者又说，或者不如说又叫嚷："是的，先生！"还是睁着那两只死亡热烈的眼睛瞧着他，但没有看见他，那个妓女这时候对服务员说话，显然跟他个人有关（而他手里依然抓着那一把油腻腻的钞票，身上穿着舒适的衣服，嘴里说着不三不四的话），但是说得太快了，他没法听懂（他能够看懂报纸，要是人家慢慢地说得很清楚，还能听懂几个字，但是不这样就听不懂：现在也离得太远了，像其他一样），毫无疑问是一些瞧不起人的事（不是因为他想起了什么——不论是她还是服务员现在都记不起什么了，他们花了十五年工夫学会不要再去操心什么，就像大家不去操心一个梦，一个太粗暴、太遥远、太强烈的梦，使人无法相信它是真实的，想起来就像想起一桩绝对无法相信、在你睡梦中发生的怪事）或者不是瞧不起人，而是感到厌恶的事（或者还不是被拒绝、被遗忘的女人的怨恨；而是不动感情的生意经——这是两个在同一行业中稍许不同的部门的职员之间交换的闲话），侍者没有表示听到她的话，虽然从他身上显现一种不可察觉的东西（别人也没法说准是怎么一回事：他的面孔始终深不可测，身体始终全神贯注，听候吩咐），好像一个愤怒的明确的同意：斯本塞上衣的袖口在土灰色的手腕四周散了线，像长短不一的胡须，衬衫的袖口也散了线：手一把抓住三张张开的钞票，三块毛茸茸深绿色的破布，一动不动了，仿佛手没有明白，把钞票数了又数，发现这超过酒的价格一倍以上，但是他不去做大家以为他会做的两件事中的一件，也就是说，要么一声不吭把钱往口袋里藏，要么说："您付错钱了。"他只是用不知疲劳而又疲劳的声音叫嚷："再来一杯啤酒？"而他说："不要。"低着头，在妓女和侍者又瞧不起人又不同意的双重目光下待在那里，仿佛在那个时候，尽管说话声闹哄哄，杯盘相碰声乒乒乓乓，酒吧里好像只有他们三个人：他，穿闪光寡妇长袍出卖温柔沸腾的肉身和服务员，他想，服务员白上衣，灰脸，如果在底片上（白脸、黑上衣）也像是穿了一身丧服（"但是，"他还想，"在有的国家白色不也是死亡的颜色吗？"），像主祭神父，主持什么死亡的仪式，看着一堆供亡灵用的祭品，到了关门的时间，必然会有一些美食骷髅来把它们吞下去（以致他相信，从这些放在小船上的祭品——发硬的肉、发红的虾、贝类、白眼睛的海螯虾、软巴巴的枪乌贼——闻到一种淡淡发腐的海腥味，就像在海滩上那些黏糊糊、灰而发亮的东西发出来的，这些东西被海潮冲上岸，在阳光里发臭，招来一群苍蝇和海蚜虫），服务员的声音穿过乒乒乓乓声又达到他耳边，他用尽力气叫，拿了钞票仿佛要向他面孔上扔过去："您不是要再来一杯啤酒吗？"这时，他站起身，很快走出去，温热的啤酒在胃里晃荡，仿佛是一件没法吸收的、腐烂的异物。

食堂里那张锌板面的长桌上有几瓶啤酒，还有一些啤酒都开了瓶，往上面冒泡；啤酒瓶是深黄色的，几乎是棕色的，玻璃瓶子中央有一个圆框酒标，写的是牌子和酿造厂厂名，字迹已经磨损。还有随便乱放的几张报纸（说实在的，由于纸张匮乏和内容低劣，这不能说是报纸，而是标题吓人夸张的传单和公告），不但有好几张，而且出版的报纸无疑都在这里了，都是一块儿买的，也差不多是一块儿看的，也就是说用专业人才专有的选择性目光匆匆扫上一眼，把一大堆会议记录、演说内容、决议要点、每日胜利公报，在几秒钟内挑出其中两三句可以消化的句子——这一堆杂乱无章的报纸，买下，摊开，阅读，吸收，折上，放在一边（或者扔到一边），这一切都在一个正常人快速吞下一顿早餐的时间内干完，美国人离开他坐的那张桌子，站起身，碰到那堆报纸，他的臀部，然后是他的大腿，带动了他身下的那些报纸，以致其中一张（一堆上的第一张）突出在桌子的边沿上，像一块桌布角似的半挂着，其他几张也跟着一起带了过去，形成扇面似的一组纸，以致后来大学生记起，他不得不低下头，再一次机械地看清（从前一天开始，他到处看到这个大标题，已有一千多次了）报纸头版头条通栏大标题，重复那个同样鲜血淋漓、句子则稍有变化的问号，这次却是从第一页反读过来而已：

谁杀害了……

标题的末尾盖在另一张报纸下，那张报纸的任务好像是承接最后一个字，而把它继续登载完毕，就像歌剧里的合唱，歌手用不同音调重复同样的音乐主题：

战斗巨人桑迪亚戈司令?

这次第一句完全可以看清了，但是第二句只看到上面几个大字母，把这些字母盖住的报纸，又把信息颠倒了过来，这样一来把解决办法提到了新闻本身前面，仿佛事件和行动只是图解而已，一件事情的一个简单插曲，事情倒是包括插曲的：

第五纵队在行动
桑迪亚戈遭暗杀

美国人转过身，现在离开阳台，原来他俯着身子在阳台上看（那时，他可以看到在石头柱子中间有一块薄纱横幅，沿着正立面展开，这次从里面、从反面看到被栏杆切断的部分字母，布上的细细经纬线在逆光中很清楚，像一块细纱方格布，尤其在颜色较深的字母中间——可以读出（或者猜出、拼出）从右向左一个倒写的B，然后一个A，然后一个J，它也是倒写的，这时就可以理会到办公室（也就是那个房间，从前那些巴西富翁、金矿主人和贵妇名媛，一边欣赏剥下衣衫的牧羊女、露出美臀的仙子，一边休息和交媾）是在左翼房，几乎是正立面的北端，因为房间的阳台差不多正托着 TRABAZADORES① 这个词的中间，这个词也是横幅的最后一个字)，美国人朝房间中央走去，样子吊儿郎当，张手张脚，指着摊开的报纸说：

“第五纵队！惊人大发现，嗯？”头长得像小学校长的那个家伙又看着他（他看人自有一套：不转动面孔，两颗眼珠往斜里骨碌一转，然后停在眼角不动了），说：“你不相信有第五纵队？”——也可能他什么也没有说，另一个可能也没有说过什么，可能这一切都从来没有发生过，可能那里以前一直有一家银行，可能它们压根儿没有真正存在过，跟他们一样［美国人，小学校长，带枪的人和那个穿军官制服、要不就是穿警察制服的人——他（侏儒，大学生）还不知道如何区分他们——在想：“大学生！好上帝：大学生！”那时带点儿愤怒，带点儿痛苦的愤怒，这就像一名赛马赌徒，出了大价钱买来一条不准确的内部消息，或者像一个家伙，相信报纸上说得天花乱坠的广告寄去了汇票，却换回来一大堆发臭、没用、乱七八糟的馊主意和鬼点子——能够看到一大堆历史书、哲学书或经济论文迅速而又可笑的出版，现在仅此而已］，就像这个背景跟它们一样，这些光秃秃的空无一物的护壁板，这在他的心目中就像老而胖的将军的全是灰尘的旧衣服，他一个早晨都在那里，带了一小撮勇敢的、残酷的、瞧不起人的军官，亲自为机枪服务——或者可能，他还这样想，就像看门老人的灰扑扑的旧衣

---

① 劳动者。

服——上面的饰绦和绶带已被取走，也就是说不是那些正式的、粗糙的、矿物质的金刚钻十字架或黄金十字架，在紫红镶黄的制服上惹眼地闪闪发光，而是将军戴在里面的袒露的玫瑰青春的肉体，以及缝在灰鼠色的夹里上的不朽的虚假的青春形象，笑容满脸不知羞耻的小姑娘，在一位老人的干枯的心里嬉戏调情。

“只是，将军不在里面了，他们把他杀了（可能因为是这个原因有的地方才那么臭），或者他逃跑了，在身后抛下他的旧衣服，就像抛下他的诅咒，给他们留下了一份有毒的遗产，隐伏着暴力与谋杀的祸害……”他想，头完全向后仰，从反面把前两天报纸的大标题（这次是红字）一个字一个字看过来，这个大标题又把同一件事说了一遍，方式稍为改变一下……另一种说法，仿佛所有的报纸都串通好了似的，他们各自的编辑都通过电话，一致同意不要使用同样的句子，这次印出来的是：

罪恶的标志是不可混淆的

他们（四个人——连他就是五个）都在那里，从虚无中钻出来，他们在人前粗暴地、简单地昙花一现后，又要回到虚无中去，在这昙花一现时，他看到他们像个有血有肉的人那样行动和行为（还是有这点不同：人的生命——从他们的生命开始——对他们好像并没有什么重要，不是他们学过以后又忘了去爱，就是他们从前没有机会去学过如何去爱，显然认为现在要学又太晚了，也就不值得再去学了），都在那里，样子古怪，甚至有点令人不可思议，有点不真实，有点过时，在这些翻倒在地的女仆和表情吃惊的浴女的肥肥胖胖的鬼魂中间，仿佛他们自己就是像幽灵似的东西，准备回到（他们正在这样做）他们从中而来的那个地方去。这是一个模糊的无底的储藏所，在那里待着那些我们只遇到过几个小时或者几天的人，没有过去，没有未来，躲过了人一般都不得不做的单调无聊的奴役，这就是说主要是经过几个连续的阶段（童年，少年，最后是不可避免的衰老），变换面孔，变换衣服，有一个名字（除了那个像小学校长的人，他叫阿尔瓦莱兹（或者马尔蒂内，或者桑切斯，或者贡萨雷斯，或者高梅兹，他记不起来了，他从来没有记对过名字），就像给他在脖子上挂一块牌子，上面写了“西班牙人”，这也算不了是个名字）——后来他好像又看见他们，像一动不动保存在一张照片上，保存在凝固发灰的从前岁月中，保存在能把东西和人永远留住的明胶中，像留在酒精中似的，当然有点变形，但是质地还是完好无损的——或者不如说对他们并不完全如此，因为他们也不是从来都是完好无损的，从某方面来说已经一半毁了，散发出既危险又可怜的东西，好似（那是他后来想到的）拆散的武器，不是（用他们过于平静、嘶哑，过于缓慢，过于疲劳，过于稳重的声音——除了美国人），不是暴力，而是一种专心，一种浓缩的专心：这就是愤怒与狂暴，像从突然刹住的赛车散发的，从一颗没有爆炸的炮弹散发的，或者不如说（外表总是那么狼巴巴和可怜兮兮——甚至受折磨）从拆得七零八落抛在壕沟里的大炮散发的，它们的炮架和轮子都已折断，可怕，四分之三用不上，还是能放，不论什么地方，还是放。

还有，在角落里的什么地方［但他是在那里看见他们的吗？还是在一座被主人抛弃的豪华别墅里——就像在夏天，这些主人避暑去了海边和山里，等待闷人的季节过去，在这个时候，城市、街心花园、漫长荒凉的马路、拉上铁栅栏放下卷帘门的商店，都留给穷人了，——这次也没有多了什么，除了热天比平时稍长一些，除了豪华别墅的主人不得不在外国去租别墅住，一边看报，一边耐心等待，报纸（因为他只注意气象预报）告诉他们可以重新收拾行李，回到城里，重新住进他们美丽的有玫瑰园和叶子花的住宅区，周围都是小花园，闪光的绿叶丛中种上夹竹桃、山茶花和玉兰，他们富丽堂皇的公馆安然无恙，虽然原先的家具都已经出空，不是遭到了盗窃，而是由人辛辛苦苦、满身大汗扛走的，从一家公馆到另一家公馆，然后又从另一家公馆再到另一家公馆，又再来一次，以此类推，直至最终室内的陈设变成了自成一体的大杂烩，咖啡桌，路易十五安乐椅，金属文件柜，美人榻，打字机，破皮靠椅，这一切组成任何征用地的一成不变、符合规范的背景特色，而像大酒店更用来做宿舍、办公室、军营、特殊监牢（在地下室）、编辑室、审讯室、密谋室、军事会议室］，可能在桌子下面，那里面一系列新闻报刊对同一个缠人的问号，总是向大家陈列出不同的提法：

并不见得比对空啤酒瓶表示出更多的敬意和关怀——或者不如说在一座别墅里的地窖里，藏在主人留下的一堆煤炭下面，把它当作煤炭那样不在乎和不关心，甚至更不在乎和更不关心有几块煤砖太重没法做成煤炭，就简简单单包在报纸里（显然唯一目的是包住它的颜色），人家可以把两块放在一只皮鞋盒子里，夹在腋下带了走，只要留意不让别人以为这里面真的是鞋子，试图把它拿起来，一失手掉下砸了自己的脚（因为一块金锭跟一块银锭一样，都可以把你的脚指头砸碎，就像有个家伙穿一身皱巴巴的套装，穿一双磨了跟的皮鞋，目光无神，巴斯克贝雷帽下（也可能哪儿藏着一把大手枪）一张憔悴的脸，在列车车厢或有轨电车车厢内把它放上行李架，恰好在你的箱子或者你自己的纸包旁边，照样可以像个盗匪似的把你干脆利落地干掉，尽管他从某种意义上来说恰好还是盗匪的对立面人物（尽管他放在鞋盒里带在路上走的东西，可能正是违法武装抢劫来的），从这种意义来说，武装在他不是一种得到黄金的手段，反而黄金是一种得到武器的手段）——美国人说（这也可能是说不是那天早晨，在办公室里——而是另一个时候，可能那一次他喝多了啤酒（但是他并不需要喝多了啤酒才会说这类话），可能也不是在小学校长马尔蒂内（或阿隆索）面前——而且他还好像就是爱在他面前说这类话），美国人说："不要大炮，也不要坦克。不。这些事由政府去操心。”（说最后几个字时，身子朝着小学校长，看着他，手里拿了那半瓶子啤酒，上嘴唇还沾了一点泡沫，重复说“政府”一词时，带着一种冷嘲，毫不兴奋，然后等着，小学校长没有动，军官（或者警察）坐在美人榻上，四周是玫瑰色丝绸破套子，他脱掉帽子，朝小学校长看一眼，手里拿着帽子，用同一只手的小手指挠他光秃的头顶（面孔发灰，脑瓜很白，帽子边沿在上面留下一条小沟，一道浅红色的伤痕），然后又戴上帽子，低下眼睛，小学校长始终一动不动，美国人现在又半个屁股坐在食堂餐桌上，又举起杯子喝酒，然后又一次朝着小学校长的方向说：“政府去操心，不是吗？”

小学校长：“是的，政府。”他的声音完全是中性的、耐心的、专心的（这时大学生对自己说，他的外表更像农民而不像小学校长——或者是这类乡村教师，或者是村长（或者是村里的秘书——或者只是一名办事员？）：头发硬而灰白，一张有皱纹但看不出年纪的圆脸，衬衫领子上不系领带，但是端端正正扣着钮子，上衣也扣着钮子，也是这种劣质衣料的套装，图案又含糊又丑，他肯定从来没有朝它看过，即使买的那天也没有看过（看的只是标牌和价格），他的两脚缩在椅子底下，穿了一双头上压瘪磨破的绳底布鞋（绳子搅在一起，在头上形成一团又灰又黄的烂棉絮，鞋底散开稍微向一边偏，当他站起来时肯定失去重心，使他有点踩着鞋面走），身子朝前坐在椅子的边沿上，在一边放着那台打字机的桌子后面，两条肘臂放在桌面上，两只手抱在一起，从他的身上，从他的熄灭死亡经常低垂的目光，从他一动不动的姿态，从他不慌不忙的样子，从他深思熟虑、有板有眼的声音，散发出一种既像主教布道（可能因为是那张椅子——那个座堂）又很痛苦可怕的东西。美国人放声大笑，在上衣放那支大手枪的地方拍了一下，说：“只需要在路上可以放的那些玩意儿。从一个路口朝另一个路口放，嗯？或者在这扇门后那样的走廊里放。从一个房间朝另一个房间放。从一个阳台朝另一个阳台放，从一个……”小学校长，没有提高声音：“哦，闭上嘴吧。”美国人：“从一个阳台朝另一个阳台。啊啊啊！从一个路角朝另一个路角，从一个屋顶朝另一个屋顶，从一个房间朝……”小学校长始终一动不动，两手始终抱在一起（一只捏紧的拳头放在另一个张开的手掌里），看着大学生，说：“他是疯子，美国人个个是疯子。”美国人放声大笑：“不错！”（弯下身把空瓶子塞到桌子底下其他瓶子的旁边，他弯下身时肘臂碰上了已经斜挂着的报纸，把一部分报纸拖到了地板上，美国人直起腰时手里接到了其中好几张，一张一张往桌子上扔，仿佛在发纸牌，嘴里还在笑，一边扔一边说：）**“战斗巨人！……谁暗杀了桑迪亚戈？……罪行昭然若揭！……谁杀害了司令？……谁是桑迪亚戈的凶手……**是的！十足的疯子！啊啊！谁杀死了那只漂亮的小红喉雀？嗯？你有什么想法？”

小学校长这次急速抬起眼睛，盯着他看，但是声音提高了，却依然平稳、缓慢、冷漠，说：“报上的东西你没有读过吗？第五纵队。”然后停下不说了，但是继续凝视他，没有怒意，也没有不耐烦，只是凝视他，美国人说：“是的。第五纵队。我读过了。报纸不是也说所有的武器应该集中在前线，不是吗？”

小学校长这时才第一次动了一动，把前臂从桌上抬起，挺一挺前胸，把上衣的下摆移开，让人看到他瘦削前胸上的衬衣，以及裤子的腰带。他的头低下一会儿，转向右面，然后左面，都只一次，仿佛审视自己的两胁，然后抬起头，只是说：“我身上没有。但是你要看看我的抽斗吗？”然后又扣上上衣的纽扣，又把肘臂放在桌面上，前臂放平，两手抱在一起像刚才一样，左拳捏紧放在张开的右手掌里。美国人耸耸肩膀，小学校长现在又凝视他，眉毛往上翘，表情似乎在表示询问（或者表示意外？惊讶？或者反对？），等待着，平静耐心地在盼望着什么，带着这类人身上某种不可摧残的东西，这就是说人家可以把他们杀死——这总是可以做到的——但是人家杀死的，只是他们的声音、他们的语言，不是他们的肉体，因为他们的肉体不是在某一个时候或另一个时候出现在这里或是那里，而是到处，始终不停地出现（在车站上，深更半夜，火车停了下来，毫无理由地迟迟不开，熟睡的那个旅客被静默和静止不动惊醒了，打着哈欠走出车厢，在过道里点燃一根火柴，然后把面孔贴在玻璃窗上，用手罩在眼边，往外面看，寒冷的夜风刮过阒无一人的车站，使路灯摇晃，发黄的光团在灰色的水泥地上来回晃动，有两个男人不声不响忙着，他们的人影也摇晃，好像是从望远镜里看出来的可笑的重影，他们忙着时，身子伸长，蹲下，后缩又重新伸长（为什么？是离别，其中一个人从现在开始将走向另一个方向？一路上旅行到这里为止，他们放在一起或者混在一起的东西又要分一分了？或者可能是旅途到了终点，要扛了行李走路，把行李的重量匀一匀？），在他们打开的行李箱四周——一只是木头箱子，放在地上，另外两个四角包皮的布面箱子（或者更像是代用革，因为从箱子的四边和划痕看出灰色和毛茸茸的纸板面子）放在一条长凳上，白木箱的盖子斜着往后打开，正好对着车厢，让人看到箱盖里面，在纵直的方向，也就是说横贴着一张大照片（肯定是一本画报的封面），照片是一名非常年轻的电影明星，金头发，大奶子，头发不对称地挂在面孔的一边，在另一方向（也就是跟照片垂直，在照片一边与箱盖边沿之间的地方），有五六张宗教图片，明信片尺寸，彩色，这是：圣母马利亚，头上盖一块浅蓝色面纱，一只圣体盒，从中伸出半块四周围绕黄光的圣体，鬈发褐须的基督，用双手撩开一件玫瑰红斗篷的对襟，指着麻布长袍上面一颗出血的心，心的四周也围绕黄光，还有两张图片，上面有好几名人物，车站上灯光昏暗，风一直吹得路灯摇晃不定，从车厢上看去，看不清楚是谁（基督诞生图？耶稣受难图？）。

这两个男人都属于阴郁、不声不响、耐心和挨饿的地中海人（地中海沿岸好几代阿拉伯征服者和海盗留下的遗迹，或者不如说种子，或者不如说棕色污染，或者不如说精子），年轻的那人，面孔肤色深，头发乌而鬈曲，上唇留了小胡子，穿一件白衬衫，不系领带，浅灰色上衣，较深灰色裤子，没有骨子，在关节部位有口袋，在衬衫叉开的领口露出汗衫的上端，此外还加上一双都是裂缝的浅黄色时髦皮鞋；年纪大的那人，后颈条条皱纹仿佛是砖头色的陶土，灰而硬的板刷头，脸上的下颚有点朝天，整个身子矮墩墩的，穿一件玫瑰红蓝方格子衬衫，蓝条纹套装——这套服装当时一定是买了星期日穿的，因为穷人有了一点钱，除了买几件节日穿的衣服外不会买别的，从此以后他们就只会没有日子地穿下去，作为他们不可能实现的雄心壮志的可笑见证。这一位脚上穿的是布鞋。

他们停下来一会儿，点支烟，然后夹在大拇指和食指之间，点燃的烟头藏在手心窝里，免得被风吹灭。

年纪大的那人平静地在绕打火机的火绒。

风吹动着（抖动着）他们像长在（摩尔）死人头上的头发，把这一堆（红与白、绿与白、玫瑰红与白的）方格子小布袋吹得鼓鼓的，劈劈啪啪响，这小布袋放在箱子里面，日常用品和内衣旁边。

年轻的那人最终关上木箱的盖子，这时可以看到盖子上烙印着花体名字（也就是说棕色的阴文）

Jesus Nicolas Hernandez

（耶稣·尼古拉斯·赫南代兹）

然后长时间在箱盖上缝一块折成八块的肮脏的白罩衣。

箱子关好，罩布缝好，最后的东西理好，他们并排站在一起，不说话，静静地、吝啬地抽他们的烟，显然在等待火车开动，走到另一个月台或者转乘一辆就要到的衔接车，他们目光空洞，脸色疲惫，态度谨慎被动……），大学生想："这到了哪儿啦？哪儿……"后来他想起了：这同样的目光、同样的面孔，都不会磨损，深不可测，可以互换和看不出年龄（男人，女人，老人，小人，是一切天长地久、千年不变的灾难图、流民图），处在一大堆乱七八糟的包裹、床垫、绳捆的箱子之间，站台上映着雨水，水滴在车箱顶上发出单调的嘀嗒声，黑夜正在降临，又灰又脏，在又灰又脏的天空下，紧挨着房屋、仓库、信号灯，掠过永远不会枯竭的带雨的云絮，风从海边把它们推过来，或者不如说泵过来，云絮不断地翻滚，把一切都浸透化解了：这些发亮的铁轨，这些道岔，这些静止不动、千年不变、消极被动的人影，坐着的或站着的（头上披一块被子、毯子、防水布，甚至只是一块包裹布），在寒伧的行李堆之间，旗子（或者说以前是一面旗子），有一天昂然飘扬，而现在好像被人忘记在那里，可笑，含有讽刺意味：一块或者两块用粗线缝在一块的布，它以前可能有过一种颜色（红的——或者红与黑的），但是现在挂在那里，慢慢滴水，既不红也不黑，只是发乌，浸透了水有了分量，再也飘不起来了，有气无力的一阵阵风只是使它摇摆一下而已。后来他不再往外面看了，感觉到有个声音向他说话，仿佛第一次看到似的，仔细观察这个穿棕色机械师工作服的意大利人（显然，他脚上穿的那双绳底布鞋，连同工作服也只是他的一身穿着了，甚至一切财富了，流落在火车站台上的人都是这个分儿，或者这个命儿，空空的赤贫如洗，一无所有，他也不会是例外——除了这点不同，唯一他关心带在身边的行李，就是一支步枪），面对着他坐在车厢的另一排座位上，他现在正在跟他叙述他几年前怎么走进巴黎市中心的一家餐馆，用三颗子弹打倒了另一个意大利人，他除了在报刊的照片上还从来没有见过他，他穿着——或者不如说是为了化装而穿着——一件衬衫和戴一顶带流苏的黑色无边女帽，参加一次庆典，这次庆典本身就像一个化装舞会，他说，以致……

II
带枪人的叙述

……这次庆典本身就像一个化装舞会，他说，以致他没有穿狂欢节的奇装异服，花了好一会儿时间才在其他宾客中间把他认了出来，讲述他这样在人行道上站了很久，呆立在餐馆的玻璃窗前，试图透过纱窗帘辨别出什么东西，他可以看到后面闪烁柔和的灯光；他说通过灯光反映出宁静、豪华、美食（也就是说食物已不再是食物时）的结合。仿佛用烛光灯泡和玫瑰色灯罩，就可以叫你相信已经走在三厘米厚的地毯上，嘴里在咀嚼牡蛎或野味，事实上他的脚踩在人行道的水泥地上，冻得嘴唇开裂（他说这些话时带着平静的愤怒，仿佛到了这个程度，丑事、非正义只是一些抽象的实体，已经失去一切善与恶的概念，像对待癌症或结核病一样，完全有理由用最紧急的办法，譬如用火或者用炸弹进行防止扩散的手术治疗）。在玻璃和使人看不清楚里面的那块纱窗帘之间，只有——他说——在橱窗中心是一种有羽毛有鳞片的水果（“一只菠萝。”大学生说。他看着他：“什么？”“一只菠萝：像一只松果，一头长出一棵小棕榈树。”“是的，像这么个东西。”），在其他一些堆成金字塔似的东西中间——但这是他的假设，他没有真正看到：只是一些上蜡的、闪闪发光的物件（“一些盘子，一些高脚杯子？”大学生说。意大利人又看着他，现在有点气恼，说：“是的。我不知道。可能是吧。”)，可能是一些比外国水果更罕见更贵的东西：烟熏鱼，像在自然历史博物馆展出的那些东西一样，外表像硬纸片，深灰色都是皱纹，罐头品，用一个亚美尼亚文或俄罗斯文的（或者这两种文字的）名字作为商品牌子，肯定读过来又读过去的还是不明白，站在寒风中，一声不出地索索发抖（为了他不致一进门就被第一个看到他的领班逮住，或者甚至进门前就被穿饰绦制服的看门人截住，大学生想，留他住的那个朋友借过给他一套制服，差不多是他的尺寸，他穿的样子没法不引人怀疑，就像祖鲁人为了不受人注意，穿一套借来的路易十五式刺绣制服——但是他们没有找到适当的大衣，决定（就是说留他住的那个朋友，显然很为他着想——大学生可能看到这一点，就像闻到堆在货架上那一匹匹衣料散发的美妙的臭气，知道自己是在百货商店里：不是一家百货商店，只是赚点儿钱的小生意，也不是为了撑门面、打掩护，仅仅是开着门，进些货，做点儿买卖，就像有人吃不是为了乐趣，只是为了活下去，也就是说维持少量食物是为了不再挨饿，就像穿衣服是为了不致受冻。一家小铺子，而且还像是在小省城，而不是在首都看到的那种，平淡无奇的橱窗摆设，店堂里，在柜台后面，在一块块小花棉布和廉价床上用品中间，说这个家伙像个商人，就像在说一头老鹰像窝棚里的鸟，他有一颗文艺复兴时期侯爵或行政官的头，皱纹像伤疤，目光尖锐，贼溜溜转得快；这号人的这种过于镇静、过于平和的处世态度，只是搞阴谋诡计，过地下生活，从事非法行为和有猝然累死的风险在他们心里产生的第二天性（要不他们就是生来会搞阴谋诡计，从事非法行为和有猝然暴死的风险），内心把握得住，不但不慌不忙，而且不露一点儿声色，如果哪个人从任何迹象来看跟布店毫无干系，竟然多少有点仓促地走了进去，鹰眼商人正在向一名女客介绍几块零头衣料，只是说："您若同意，我的妻子来招呼您……"不改变声音，不抬起眼睛，已经绕过了柜台的一头，女客转过身仅仅看到来客的背影，正在跨进店堂后间的房门，他的妻子已经站在几秒钟前她的丈夫待的地方，用一种完全平静的声音说："您看中什么了吗？我可以向您介绍……"（那个女人也是一个特殊角色，很胖，甚至臃肿，脑满肠肥，穿一件没有装饰的素黑长袍（仿佛不是什么痛苦或压抑的表示，而是出于方便实用的原因，她一旦穿上丧服就永远不再脱下，不是为了纪念，就是为了预防某件不应该忘记或是不应该发生的事情），上嘴唇可能有了一圈淡淡的胡髭，还保持琥珀色皮肤，圣母似的眼睛，发黑深邃，平静，当她打开衣料时——她对自己做的事，也跟刚才那个鹰眼家伙差不多感到同样的兴趣，虽然还是她想出主意来做这个买卖的，因为一个女人有了几块衣料总是可以弄出个名堂来的，不管怎样，总比一个在外国的历史教授或法律教授强），孩子他们也是（因为这样的人自然也有孩子——孩子去上学，跟其他的孩子一样，只是有这个区别，他们做功课背书，用的不是他们自己的语言），对他们简直用不着教，永远不要提问题，不要大惊小怪，不要谈到他们可能看到的事情，这一切他们天生就知道（不像那些小不点儿，人家要扶着他们教走路，站在两条罗圈腿上摇摇晃晃，站立不稳，流口水，平衡失调，而是像一头雏鹰生来就知道飞翔，或者像鱼苗活在水里蹿起来像支箭），傍晚五点钟左右，腋下挟了个书包，毫不停留地穿过小店，如果有顾客临门，跟他们也摆出一张成年人的脸，深不可测，毫无表情，心不在焉，还瞧不起人——因为说到头来他们在某些方面至少还是些孩子）……留他住的那个朋友于是决定他可以假装是个刚刚从自己的汽车出来的人）。他那时待在那里，试图制止自己全身不断地颤抖，这时在他四周是紫黑色的城市之夜，被奶黄色的霓虹灯光刺穿（抬头看到黑色房顶上面带玫瑰红的天空，也就是说肮脏的玫瑰红，发黑，完全是灯光照在低云层上折射出散乱模糊的反光，霓虹灯一亮一熄，在指令的操纵下机械单调生硬，对傻子却是学了又学的课文）。这是在二月，他叙述说，他可以看到那些人坐在咖啡馆里面，仿佛他们是画在黄色玻璃橱窗上的，这些人，或者不如说这些人家从不看上一眼的胸像，好像安放在那里，有的是单独的，有的是成双的，在旋转圆凳前姿势僵硬，跟在隔壁一家橱窗里，在同样招徕顾客的人工光浇淋下，排列成行的皮鞋队伍同样无性格，同样无个性。汽车一辆接一辆驶过，在两行车流交叉时都慢了下来，这个光流在深色发亮的弧线车身上，曲曲折折如一道浊水（以致同样的长方形灯光从左向右，然后从右向左滑动时，好像在膨胀，扭曲，起伏，拉长，其实它没有变化位子，只是变化载体而已），十字路口的气动钟指着晚上九时，然后那根大针突然跳到九点零二分，他说，这件事使他像醒了过来，意识到自从他在那里以来时间在流逝，这就是说意识到时间显然是一连串（怎么说呢？）固体化的片断组成的，正在奇异地、急促地、断断续续地往前进（他说，那里有一张广告，其中有一个内容就是一支蓝箭，穿过一幢大楼的整个正立面（另一幢大楼建在路角，把它的一部分遮住了，以致没法看清箭射到什么地方，也不知道跟着箭会看到的是什么），其实箭没有移动，而是好几支霓虹灯光做的箭排在一条线上，一支连接着一支，灯光不断地一亮一熄，产生了移动的错觉。这样眼睛、理智受到了灯光的欺骗、吸引和俘虏，自以为跟着永远不会动的什么东西在奔驰）。他说的这些话都没有条理（大学生通过拼接把它们凑合一起，就像意大利人记起来的那则广告，一个黑人，蓝面孔，红头巾，红灯笼裤，手拿一只绿色瓶子，只有面孔先亮了（霓虹灯管粗略地勾勒出一个漫画式开心的侧面），然后熄灭了，然后头巾和衣服也熄灭了，然后只有那只瓶子——在黑色大楼正立面上的绿色灯光——它也熄灭了，这以后，所有的一切（蓝面孔，头巾，红裤子，瓶子）一下子都亮了，黑人整个儿都出现了，然后又熄灭了，这时旁边在黑夜中写出了几个黄黄的大字“朗姆酒”，然后这也熄灭了，然后一切又重新同时亮了起来，那个黑人，同时还有广告，这时是整幅广告：安的列斯群岛朗姆酒）：首先他站在人行道上，试图去辨别在这块窗纱后面、温暖美妙的灯光下发生的事，猜测侍者、领班、裸肩女人模糊的影子，在他四周彻骨的寒气中是些浮华庸俗的本市人，在影院门前晚上九点钟排队买票的人群，门口是彩色纸板印度公主、老虎和士兵，或者是脸有两米长的美女，涂得色彩奔放，热情洋溢，说明这是给傻子看的浪漫历险片或心理冲突片，鞋子、衬衫或者咖啡馆顾客货架上强烈的灯光，然后第二次这些同样强烈的金属光，从一个地方跳跃到另一个地方，逶迤在汽车闪亮的车身上，这些暴烈、顽固、市侩气十足的广告，它们的使命就是让谁看上一眼，就逼谁去喝或者去看（在黑人下面，无疑是为一家旅行社办理的，有一棵蓝色棕榈树，也是一亮一熄的，跟一架飞机、一座圆顶纪念物和一艘游船，交替出现）一些他们永远没有欲望（也没有需要）去喝去看的东西。

他口渴了；他没有吃过东西；留他住的那位朋友的妻子给他准备了一盘冷肉，但是他没有要吃，也就是说他没有能够吃，那块灰色的肉放在嘴里嚼过，翻来覆去了好一会儿，直至嚼出了烂纸团似的韧性和味道，或者不如说从左右两个腮帮来回转，就是咽不下去，这种情景有点令人难堪，以致他意识到，他体会到，他是正在试图吃东西，同时又意识到他站的地方、那个厨房、那个带着圣母眼睛正在朝着他看的女人，这时他又第十次正要完成他应该完成的动作：推开一家餐馆的门，朝一张桌子走去，掏出他的枪，开枪，逃跑；这时他一边抱歉一边站起身，走去把嘴里的东西往垃圾箱里吐。然后他明白她为什么那么坚持：他要是遭到逮捕肚子里至少还有点儿东西。他们中间谁也没有提到过逮捕，也没有提到过逮捕以后引来的种种事情，也没有提到他要去做的行动本身，这一切（可能的逮捕，上刑——或者可能私刑处死——行动（谋杀），饥饿，他现在就觉得肚子里正在发作的那种饥饿，就像叫这些人走进饭店坐下，点菜，往肚里咽的那种饥饿一样）几乎可以说只是有种抽象的内容，对他来说仅是一个已经接受的概念——不论愉快还是不愉快——不是真正的现实，以致他并不为自己口渴或害怕而难过（只是体验它们，只是感觉它们存在，如此而已），他也不感到愤慨或愤怒，不论是在餐馆看到铜框壁龛里，由一盏小灯照亮的菜单价目表，还是看到了袒胸露肩、线条不明的女人，在店里动作温文尔雅，往嘴里放进贵得吓人的东西，还是看到了过夜生活、华而不实的人，围住和对待那个他准备杀死的人，可能是因为他超越了丑事和愤怒，因为几年以前丑事袭击和侵犯到了他的身上，一旦有过，此后也就这样了（很久以前这已不再成为丑事或者令人愤怒），从那以后，一切统统解决——就像其他人一提到赎罪、永生或组织法，可以赦免一切。或许也因为他显然是具有这样天赋的人：他们认为世界到处都是一样的（也就是说，世界一旦变成凶狠无情，此后也就这样了），这像是一种处乱不惊的天赋；也就是这种不健康的、孩子气的坦荡，类似无辜和宽恕，让他留在人行道上，穿了借来的衣服端端正正，索索发抖，沉着冷静，或者现在坐在车厢的座位上，可怕，稚气（大学生估计，虽然他该三十出头了），可怜巴巴，弱不禁风，他的那张面孔（或者不如说他的那张嘴脸），獐头鼠目，全是皱纹，小得像个拳头，头发蓬松像个球，就像漫画中的乐队指挥或天才钢琴演奏家，带了官僚狙击手或者刺客的全套装备和用具，这好像也是这人身上不可分离的一部分，坐在从车厢顶上灯泡散发的吝啬的黄光底下（木头车厢——都是一样的（最初无疑是赭石色，现在成了栗色，一半是漆一半是烟灰形成的），至少有十二次报废的机会，自从把它投入运行以来，也就是说自从七十年前，跟耶稣会有联系的以色列和英国银行财团想起铺设铁轨以来（说实在的，不是为了运送旅客，而是为了运送矿石或诸如此类的东西，还只允许售给巴黎和伦敦股票市场，既然奴隶买卖已遭到法律禁止，客运已经过剩，还是为了满足承包议定书中的一个条款（可以说作为死货运载）而转让的），把铁轨铺设在那些从来只有骡子和骡子背上的人走过的地方（这是些胡子拉碴、衣衫褴褛的二道贩子，肥胖的教士，找寻职业的舞女和妓女，唠唠叨叨的推销员，背篓筐、背包裹、带了一对母鸡的农民，鸡的两只爪子捆在一起，像今天这样塞到座位下，鸡愤慨痛苦，猛力挣扎，疯狂抗议，翅膀乱颤，尖声乱叫，然后呆在那里，心突突跳，身子一动不动，两目圆睁，又怕又蠢，过一会儿颤动一下，咯咯叫几声，痛苦而又无望的反抗），这些人现在在旅途的全程上有特权，平静地把痰通过两条腿中间吐到车厢地板上，不像以前骑在骡背上旅行要扭转头把唾沫从旁边发射出去）——大学生想："他为什么要把这些告诉我？"在想象这些留大鬓角的银行家，看了奥芬巴赫的轻歌剧出来，他们为了能在这里行驶火车，运输他们，才想到铺设这条铁路（可以看到他们，穿了他们的瘦窄裤子，老式礼服，绣花背心，梳鸡冠发式、戴金刚钻项链的歌唱家情妇，银行家的修饰过指甲的手，两根手指间夹了特殊供应的哈瓦那雪茄，纸圈上可能还是他们的肖像，或者是大下巴的国王肖像）。他们两人几乎是孤零零地在摇摇晃晃的列车包厢里，他和这类武装到牙齿的凶神恶煞，还在想："这不是吹牛吧，因为吹牛对他来说肯定像比如说数钱一样陌生和毫无意义，因为他就是爱炫耀一番，必须首先相信自己做成过什么大事……"听他还在这么说（就像他这类家伙说故事：声音既热烈又狂野又哀怨），又在想："这可能只是因为他感到无聊。或者为了套交情，为了消磨时间直到大家到达目的地……"这时候，意大利人，带枪的人，搜自己身上，查看这件棕色机械师工作服胸前的一只口袋，这件工作服，还有那双绳底布鞋，好像是他所有的、他想有的全部家当（除了武器以外，然而武器不能完全算作财物，既然这已是他身上的一部分），他占有的衣服和财物中，或许还包括一本油腻腻四角卷边的记事本和现在手里拿着的一支约一点五厘米长的铅笔头；他换了座位要过来坐到大学生旁边，紧挨着他，把记事本放到他的膝盖上，横着放（也就是说长的一头跟他的合拢的大腿轴心形成垂直线）；他已经画出第一条线，这时往后退，稍稍挺起前胸，不是审察这条线的效果，而是估计纸张的尺寸，然后继续往下画，他无疑看到，或者不如说窥见，膝盖前面他刚离开的座位上放着那支枪：他俯身向前，抓住枪，放到自己身边，自己的右边，他们现在两人都坐着的那排座位上，又恢复了原来的位子（他做这一系列动作，目光始终不离记事本），说

“好啦！”，把一点五厘米的铅笔头放到嘴里吮湿铅芯，低着头不看大学生，仿佛一个人专心致志，努力做自己的事（或者为了明确地回想起，或者为了用图画或用图表，也可能用图画又用图表，如实地表达他回忆起的东西），那支铅笔头（平时我们握一支铅笔或者一支蘸水笔杆，总是抓在大拇指与食指之间，用虎口托住，而他不是这样，必须用大拇指、食指和中指的指尖抓住，铅笔头根本看不见，他像是用指甲在画图）在纸上用心地移动，纸的质量很差，打了四方格，颜色发灰，掺杂着木纸浆中没有撇清的黄色草秆，在光线的反射下像云母似的闪闪发光。但是他没有利用方格子，从他画了第一道线以后（铅笔没有削好，不尖，画出的线约半毫米那么粗，用力很重，印在粗纸上留下凹面，就像灰色金属槽子，发出铅灰色的光）就没照着格子画出了一个长方形，四边不是笔直的，稍微有点波浪形，或者不如说向外拱，仿佛每条边都受到来自中心的推力，都往外让，而有点弯了，这个图形叫人想起被风吹得鼓鼓的船帆，大学生看着他现在画两条小线（两个标志，把长方形的底线切断，跟长方形大致中心点的两边保持同等距离），然后他拉长成为面对面的两道圆弧线，像是一个前括号，一个后括号，在括号中心他画了一个点，然后又是两条线，垂直交叉——一扇旋转门，大学生这样想，——或许可能他高声说了出来，因为意大利人说“是的”，没有抬头，也没有中断，他正在越过旋转门朝着长方形的里面画一条波浪形的短线，像一条蛇，一条S形曲线，然后，没有解释，在波浪形线上面，自上而下（以致铅笔差不多处于长方形的中心）画了一个圈，或者不如说好几个圈（或者还不如说，因为铅笔画得非常快，好几个椭圆），重叠一起的同心圈，或者相互之间有点偏心的圈，当他把手移走时，露出一个像毛线团似的东西，在这团毛线的左右两边，他又很快地画了两条直线，每一条既不往高、也不往低去跟长方形的横线结合，长方形现在切成了三部分，他可能愿意划分成相同的三部分，但是事实上（显然因为这部分对他来说是最重要的，那里展开过——又要重新展开——他企图要说的事，因而这部分也吸引了他的全部注意力），中间那部分，毛线团就在那部分的中心，本身有一个与其他两部分的表面重叠的表面（相似于两个垂直长方形夹住的方形），拿铅笔的手继续画来画去，沿着左边直线，朝着中心方形的内部，画了三个排成一行的小长方形，这以后他挺直身子，瞧着自己的画，解释说：那条蛇（波浪形短线）表示一扇屏风（用清漆薄木条编结的一扇屏风，屏风的每边都有铰链结合，伸展自如，任意安放），那个毛线团表示一件家具，据他说，桌面上是一些侍者要来取走的东西——“一张餐具桌”，大学生说，他说：“是的。肯定没错。因为我相信上面放的是水果，一些松果之类的玩意儿。我没有时间仔细看。”（说话声音始终那么愤世嫉俗，那么自信——他在纸上画也是这样，每道线都画得很深，集中精力，专心致志——怀着他内心的这种暴力，不可抑制，耗神得很，完全超过他虚弱的体能），——现在指着左边那条垂直线，说：“这，这是座位。也就是说椅子背，这些玩意儿带几块铜片，可以放帽子，放大衣。但是我也没有时间仔细看。他就坐这张桌上，跟一个女人和另一个家伙。”铅笔头现在就捏在食指和大拇指之间，敲了好几下，声音干脆，但是不用力（以致只是轻轻留下几点印痕，像小小的沙岛，几乎看不出来），敲在下面第二个小长方形上，沿着左面那条线；他又把那支铅笔用三个手指（或者不如说三个手指尖）抓住，在长方形和线之间画了两个小圈——两个圆片，然后在桌子的另一边又是一个圆片，然后他画自己，还是在外面人行道上，用第四个圆片表示，但是他又涂掉了（铅笔尖画出一连串小圈），然后又是一个圆片，右边稍稍低于毛线团，然后又是一个，在两个小长方形之间（他解释说一是领班，一是侍者）——这时候列车放慢，火车头发出西部火车的这种呜咽凄凉的怪叫声，廊棚式的松木车厢（大学生想，可能跟当年为山地沙漠设计的一模一样，也可能就是那个留长鬓角的奥芬巴哈银行家当年设计的）相互对撞，火车停了，雨水落在车厢薄顶和玻璃上的声音又听得见了，大学生旋转头，试图看到站头的名字，首先看见自己的面孔在玻璃上埋在黑暗中的反影，后面是穿机械师工作服一直俯在记事本上的小提琴演奏家的反影，然后（这时他把鼻子凑到玻璃前）是每个车站都挂的同样的旗子，同样浸透水、服丧的破布（挂在玻璃遮棚，或者像这里挂在柱子上），必须知道这面旗子是半面红半面黑的，因为此刻红的半面浸透了水，差不多跟黑的一样黑了，然后他看到站名：**温泉站**或什么：温泉沐身有益健康，可以想象那些老妇人穿了深色衣服，慢慢地走来走去，或者在公园的小径上，坐在梧桐树的淡淡树阴下，闻到带硫化物的水发出臭蛋的气味，可能是一只在放本地音乐的小亭，等在叶子颤动的梧桐树下的出租双篷马车，敞篷马车，无处不在的泉水声，无处不在的腐臭味，双篷马车的车篷是一块带流苏的薄布棚子，老式的带鹅颈铜龙头的洗澡房，老夫人的皮肤干燥的肉体穿了裹实的游泳衣泡在臭水里），两个男人出现在走廊里，敲门上的玻璃，打开门，其中一个只说一句："安全局。"第一个人穿了可以看做是制服的东西，发绿的，肩部浇上水已染成深色，总还戴了一顶鸭舌帽，另一个人只穿一件白衬衫和一条长裤，一条绳子作为腰带，腰带上一把手枪，一件雨衣肩部湿了，穿一双绳底布鞋也是湿的，但是两人都已很像职业警察了（脸上同样庸俗、无礼，目光同样麻木、混浊、没有生气），显然他们认识意大利人，因为意大利人打个招呼，只穿衬衫和长裤的人说："顺利！"然后关上门。

这次湿淋淋的站台上没有一个人，只有灯光映在沥青地面上，作出不易察觉、不可预见、不断的变化，急促的雨点在反光中留下虚线：意大利人现在从每个圆片画出一连串的小箭头（箭矢），小圆片表示他、侍者和领班，箭头表示他走的路线和侍者与领班的动向，以致在出现这些箭头的同时，画出断线，偶尔带尖角的断线，大学生以为看到了（就像有一种游戏，需要两个又懒又笨的学生，一个近视眼的教师，一排书，玩法是把两个中队的船只在数字格子里移来移去，每名懒笨学生海军上将都根据另一名宣布的命令调动他的舰队），以致他好像看到了一系列固定、定格、静止的图像（像不同的发光的箭组成一会儿明亮、一会儿熄灭的广告），把行动复原如初（跑动、翻倒、叫喊、枪响、奔跑等一系列急速混乱闪电式的连续动作，或者不如说集中动作，重叠动作），然而每个图像与前一个图像大不相同，以致在图像与图像之间不可能建立一个连接的因素（就像在一部电影的底片上，一条手臂在不同图像上移动几乎看不出来）——火车头又在黑夜中发出它的呜咽凄厉的叫声——仿佛它试图把黑影幢幢的野牛群驱散（开出一条道路来），火车开动了，大学生不时地昂起头，雨水模糊的玻璃反映出他们的两张面孔，通过昏暗的面孔影子看到稀少的灯光，红与黑的破布，撑着乌木手杖患风湿症的老夫人愤怒的幽灵，然后是安全局的两名警察，他们站在站台上，对落个不停的雨水毫不在乎或者毫无知觉，这个一身破烂，还有个样子有点儿像军人（实在不知道他们两人在那里监视着什么，还是相互监视着），看着一列空车经过面前逐渐加快速度，车上的灯光一个接一个掠过他们的面孔。

因而，首先是这样：不是一个衣服带饰绦的门卫，而是一个穿制服的侍者，也就是说这样一个男孩，不但早已不是发育阶段，还超过成人年龄；这是一种暧昧不明、历经沧桑的生物，长了一颗老人脑袋的年轻人，要不就是长了一颗青年脑袋的老人——他，意大利人看到这种情况：栗色制服，圆筒无边软帽，鼻子冻得发红，面部表情有点儿惊愕，可能因为他往前走时看着他，但是动作还是灵活，上身微微弯曲，胳臂伸开，推着旋转门的一块玻璃门，好让自己进去时有四分之一扇圆门的位置；然后他自己的形象，他自己的幽灵（一只狼头上都是毛，奇怪可笑，中间是那副发灰色、小得只有一点点大小的假面具，头底下是一套出客服装）来跟他见面，两只手（对他来说是左手）相互抵住，一只贴在另一只上，仿佛他们（他和他的替身）要想相互对着推，他的手掌抵着幽灵般冰冷的手掌：但是是他赢了，他的替身首先往后退，往横里滑到灯光和反光的映影中间，首先是正面对着他（替身），然后（随着他在门转动时往前进）移到左边，逐渐转过了四分之三侧面（金色箭头的反光（现在正在他身后又一次不知疲劳地继续它自己的射程）在这突然飞行的时刻穿过玻璃门——这时间三次变动位置），然后才是全侧面（但这时他看不见替身了）。他没有料到还有屏风（或者他看见过后忘了），当他以为往前走入灯光区，却发现屏风阴沉沉的不可逾越，他说惟有这时候他感到有点慌张，感到自己跌入了陷阱（但是他事后回想，总的说来，也就像任何一个人钻进了旋转门，听到门旋转声、冷风飕飕声，会有这种眩晕、这种遇到幽禁和涡流的焦虑），这是过不完的一秒钟，他撞上了，内心怀着愤怒的绝望，拱倒这个东西，这堵墙，这个他从未想到或者他已经忘了的障碍（在一筹莫展的狂怒冲动下想："怎么？这怎么一回事？"），他相信自己还没有能够开展此行的任务以前给人家可笑地要了，背叛了，已经关了起来，直到他抬起眼睛，发现屏风顶部弯弯曲曲的线条，他在自己的素描上是用一条曲折的蛇形线来表示的，而事实上屏风的平面位置是（他纠正一下）横的不规则的S形，最大的弯势曲线跟旋转门的曲线差不多是同心的，另一根曲线较短，反方向朝向大厅内部，但是是在右面（至少他只看到这个空当），而他计划一进门就直扑的那张桌子是在左面，以致旋转门和屏风是捕兽器，本能的不加考虑的需要就是要往外逃，还有一种也是不加考虑的想法就是情况紧急，时间不多，必须速办，在这种需要和想法的推动下，他往没有人的地方夺路疾走，闯入餐馆里面，当然还没有跑步（他总算还保持了足够的控制力），但是样子显然有点儿过于激动，于是发生了这样的事：那张有三名客人（一名背朝他）的桌子，现在与他相距大约七米空间，他要暗杀的那个人此刻手拿杯子，稍许朝向他对着说话的那个女人，因而对他急速进来根本没有注意，然而，在右面，一名领班（他不说“领班”，而说“穿一身黑制服的侍者”）正对着他看，据他说，那时候脸上的表情说实在的是困惑或厌烦多于惊慌，用专业的、同时也是善于捕捉、工于心计和谄媚阿谀的目光对他从头看到脚，两个人（他和领班）几乎面对面待了一小会儿，他（黑圆片）靠近S形屏风的终端环，领班（白圆片）在中心家具（餐具桌或者餐具架）的右边（对他来说），餐具桌上耸起外国水果，两个人同时根据他用两个弧度表示的路线移动，像传动装置的齿轮几乎快要碰在一起了，这就是说起初两人走长方形路线（领班向他走过来，他向桌子走过去），走着走着渐渐不得不要弯过来走，领班由于客人（或者不如说不速之客）没有等着他迎上去而朝左面（领班的右面）移动，而他由于领班往前走时经过餐具桌，最后几乎走上了他开始要走的路线（连接屏风一端与目标桌子的直线），有把他截住的危险（还没有真正受惊，只是显然有点愈来愈厌烦，开始皱眉头），以致他不得不再朝左面弯过去，希望躲过领班，抢在他的前面，这时：在他右面，V字形背心，一尘不染，闪闪发光，在两条黑丝翻领之间硬得像铠甲，几何形的，还怪怪的画得很精确（无疑是因为这时候的注意力都集中在他身上），不可挽回地朝着他往前来，而他的目标（桌子和三名宾客）在他看来显得模模糊糊，成了飘飘忽忽的色块，也即是从左向右：一道光（桌布的一角），在光的上面放着一些挂着光芒的东西（玻璃杯、水晶瓶、酒瓶和可能是一只玻璃杯，里面盛了红宝石色葡萄酒），然后直接在上面的是女人浅褐色的肉（手臂和裸露的肩膀），好似画笔用奶油色颜料画的三个大笔触（不如说是用调色刀一下一下放上去，压上去的），在另一个几乎是方的淡紫蓝色的大笔触（长裙的上身），面孔化过妆，头上云鬓高耸，像一团彩色模糊强烈的笔触（红色、棕色、玫瑰红），然后左面紧挨着，在前景，一块灰色大长方形（第三名宾客的背部），上面是一块较小、几乎是黑的长方形（他的头和头发），把另一个人的面孔遮去一部分，那个正是他要杀的人，他能看到的，或者不如说他能猜到的，只是他的眼睛（这就是说两个黑点子），额头，修光的太阳穴，很黑向后梳的头发，上面反光，而在他的右面，线条笔挺、一丝不苟的V字形背心（他从画上抬起头，说："这些背心，是用什么做的？磁漆铁皮，还是什么的?”）继续靠近来；但是他稍微占先，加快步子（领班，磁漆 V 字形，从他的视野消失，现在稍微落在他的后面，虽然他也加快了动作：两个人都还没有奔跑，但是移动、走动很快，这种动作在这样的场合说实在的是不多见的，很奇特），现在他离桌子差不多只有四米了，这时在他的视野左面（他虽然看不见，一直可以感觉到，那名领班紧跟他不放，还在犹豫要不要跑，显然是某种多年来养成的职业顾虑阻止了他，限制了他这样去做，讲究稳重，担心出错，但是——他猜——他是准备去做的，如果他自己这样做，因为他跟他在同一时间也用同一节奏跨大了步子），在餐桌布角上面，偏左，出现了第二个白色块（服务员的斯本塞上衣——他原来用一个小圆片来代表的那个人，在长方形和两张桌子之间），开始移动（可能他是自觉的，也可能遵照领班给他的信号），朝右面去，那条黑裤子过来在桌子与他之间一插，迫使他迅速改变他的计划。他不愿意伤了那个女人，也不愿意伤了第三名客人，首先想到是赶到桌子边上，在他们两人中间开枪：但是这已不再可能，现在他必须考虑三个障碍：两个移动的障碍——侍者和领班，一个固定的障碍——第三名客人，他现在可以看到他的侧面，他企图绕过他（这时毫不顾忌跑了起来，隐约感到有种混乱的响声（声音较大——还不是叫声），表示惊讶（还不是惊吓）的响声，开始在他周围的桌子响起，于是他执行了一个轻轻的、突然的“向右转”命令，这时看到面前并排的是：

一，侍者的白色上衣形成的色块（或许因为这个人犹豫了，停了下来——或许因为他自己移动得太快，侍者的速度跟他的速度相比几乎等于零，这使得他的影子现在往后退到他的视线左面）；

二，只一会儿，那个女人，不再像刚才鲜艳模糊的色团，而是明确的细节、局部（手镯，夜礼服里乳房之间珠光白玉般的心窝，拿着一把叉子高举的手）；

三，一块红漆布，发光，料子有点儿起球，盖住座位的靠背，在女人与她的邻座之间；

四，更短的一会儿（因为几乎马上就要被第三名客人的背遮住了），他要杀的那个人的上身，像刚才那样手里一直拿着盛了半杯红宝石葡萄酒的玻璃杯，肘臂撑在桌子上，现在不再面孔朝向他的女邻座，而是瞧着他意大利人，两颗眼珠（他可以看得清清楚楚——不再只是眉弓下的两个黑点子——眼袋上面两个发乌、发光、严厉的眼珠）跟着他在转动，这时；

五，第三名客人的头发插了进来，遮住了面孔的下半部，差不多到了鼻翼——头发抹过发蜡，闪闪发亮。硬领把后颈窝的肥肉推到枕骨下面，皮肤白，或者不如说发灰，上面竖立黑而短的硬毛（头发，后颈，皱纹，背，很快从右向左，像用纸板剪出来的影子，或者像通过开动列车的窗户看到前景中的灌木树林，在不动的地平线前迅速滑过，在座位上的那个人的整个头颅、然后上身又露了出来）。

然后他听到一个女人叫起来（但不是坐在男人身边的那个女人），一下子明白过来，侍者为什么慢下来，不再前进，意识到他现在手中握了自己的这支枪，记不起他在什么时候拔出来的，一动不动待了一会儿；这一会儿对他显得很长，这时他记起自己还待在那里，惊讶这已经是干的时候啦，几乎觉得是个意外，不知所措，不是犹豫，而是——他觉得——目瞪口呆，全身瘫痪，不是想“我杀不死这个人”，而是想“我不知道怎么干”，动也动不了，等待着他感到现在就在背后的领班把他一把抱住，使他无法动弹，这一切事情都是在全场肃静中发生的，以致——他说——事实上这一切甚至不该发生的（在这个长时间，他站在第三名客人的右面，正面对着他要杀的那个人，他绝对无法动上一动），除非在他的思想中，因为那些都是办不到的：要那个女人停止叫喊（只会适得其反，现在显然其他人也跟着她一起叫了），要领班停止盯梢，试图叫他就范（这事他接着就做了），只是让他有时间集中他的心思，做出决定，把命令传达到手上。可是这类的事情一定发生了——他叙述说——既然现在桌子朝着他翻过来，哗啦啦一阵玻璃打碎的声响，他现在正面对着他要杀的那个人，可以看到他不再是坐着，而是站着，也就是说不完全站着：半站半坐（这意味着他有时间做这么一件事：命令他的肌肉，而肌肉也有时间听从使唤和执行——要不就是两条腿自个儿紧张起来，自个儿负责把他这个人举了起来，仿佛他本人已经死了，就像有的人已经没有脑子，没有意志去决定，去命令，还会产生反射性动作或者收缩），大腿撞着了桌子的边沿，桌子往前冲，但是它本身的重量、惰性的力量形成反弹又回了过来，给身体一个反推力，他还没有来得及完全站起来，又给推得后仰，右臂在身后摸索座位靠背要找到一个支撑点，大口径的手枪这时在他的手里跳动，发出一连串砰砰响声，意大利人这时明白，他真的干起了他前一刻还相信（他说当这支枪在他伸直的手臂一头蹦跳时还继续相信，射击的——他还说，不是他，而是他的手，不是像在警探片里朝着胯骨开枪，而是像人家向他推荐的那样，手臂伸得笔直，手放到他面前，小心地把瞄准器瞄准上衣的驳领，他可以看到每开一枪驳领会猛地向外翻），他真的干起了他前一刻还相信永远干不成的事，这是他的手和眼睛执行的，而不是他……（大学生又想："但是他为什么要说这一些呢？"，看着这张脸，据说印第安人专做这种小面具模型，死后还保持这种出神静默的苦难表情，看着他的一头黑、鬈、硬、野的头发，试图透过机械师工作服去猜测他的虚弱的身体，听他的声音也像是虚弱的，显露出这种既傲慢又热诚又唉声叹气的信念，而他，大学生，想："——但是现在不是这样了。起初可能是，仅仅是为了消磨时间。但是他管起其他什么事，或者其他什么事管着他，也有一段时间了。"心里在想是什么促使他说出来（他想："或者他是在跟自己说，唯一的区别是现在他高声说了出来。"），也就是说用等同的口头语言重现、复述他做过的或者看见过的事情，仿佛他不能承认他做过或看见过的事不见得比一个梦留下更多的痕迹，想："除非事情要反过来说，除非他希望事情一经叙述出来，一经变成词句，就开始单独存在了，不需要他再承载更长的时间，也就是说他一个人，以他的绵薄之力，苦力般的瘦弱之躯，作为这件事的载体，仿佛他试图要让身体摆脱，要从身上掏出这份暴力，这个已经在他心中生根后利用他的东西——这就是为什么他要说这只是他的手，他的手臂，而不是他——（就像在那些游戏中，输家抽到了一张牌，一个坏牌或一张恶牌，他要在牌给他真正带来厄运以前千方百计交到别人手中），占有着他，操纵着他……”

现在他们两人都在车站的玻璃棚下，沿马路只有四辆汽车停着，但是没有出租车，显然多了两辆，既然除了其他两名旅客，软呢帽，轧别丁大衣，公事皮包，神气像商务代表或政府官员，差不多唯有他们从车厢里下来进入巨大的黑玻璃棚，那列棕色松木板怪车厢沿着一个空站台停着，也没有检票员——至少他没有看见——要求出示车票，但是又有两个这样无所事事、形容憔悴的家伙，肯定也带武器，虽然看不出来（衣服下没有鼓囊也没有肩带），不用说随时准备（或者不如说生来就会）使用他们身藏的东西，男人放在裤裆里，女人放在裙子下（跟一小时前走进车厢的那两人不一样，可是也可以说一样：一样疲劳、厌倦、死气沉沉的脸，目光暗淡或者不如说肮脏、发灰，这使人在一个家伙还没有开口说“警察”或者“安全局”以前已经猜到了），他们在这里不是检查车票来的，从表面看意大利人也认识他们：他停下，跟他们谈了一会儿，不是回答询问或是出示证件，而是（从态度、语调、手势——大学生停在几米外看着他）好像是那种人，跟人没有什么特别的事好说时谈谈天气，没有什么新鲜事时说说新闻，然后也不是握手，而是手臂随便挥一挥分开了——坐在等待的汽车的驾驶盘前（至少他们说了几句后登上去的那辆汽车，意大利人和司机之间同样随便地挥挥手，就再也没有什么——这就是说不报一声地址，也没指出他要去的地方），不是那种戴鸭舌皮帽的司机，而是一个不戴帽子穿衬衫的家伙（除非肩膀上也是披一件机械师工作服或者一件灰上衣，但是没有领带），系一条领巾或手绢（黑的，或者红与黑的，或者红的），围着脖子，系得很紧，好像洗碗工或司炉工，现在大汽车开进了荒凉的大马路（雨已经停了——或许可能这里根本就没有下过雨；意大利人还是问司机，司机说："下过，怎么！"然后又一声不出，可能他天生不喜欢说话，可能意大利人也不像等待其他回答，可能司机这时刻全心全意在开车，伏在驾驶盘上，现在汽车全速行驶，在两行不动的、像分量很重的铜羽毛掸帚似的棕榈树中间风驰电掣，整座城市空空荡荡没有人，球形灯光芒四射，仿佛都流到了一块儿（房屋、棕榈树、人行道、街道中心），成了一种岩浆，一种还在燃烧的钢水，夜晚的雨已经蒸发，地面好像微微冒烟，就像火山的斜坡，水气弥漫，夜晚的空气也在燃烧，两边种植棕榈树的长街到处是脏纸和碎屑。两行间隔排列的棕榈树和路灯迎着汽车向两边分开，然后（大学生转身透过后窗看）垂直，呆板，令人眩晕地远去了，急速变小，被吞没吸进令人窒息的黑夜的角落里，青铜色的黑夜好似阴暗的圣殿，某种巨大空荡的地下圣堂，里面亮着一些长明、豪华和无用的烛光，在与黑暗交锋，通过这些光他可以看到什么像一长溜受惊和虚弱的鸟飞起又跌下，有时其中一只（广告、海报?）蹿出，从后轮子卷起，几乎垂直地掠过玻璃窗，激烈地扇动着翅膀，由一只看不见、愤怒的手把它卷起，摊开，然后又野蛮地卷起，消失在上方，然后又出现（现在落在后面一米），一时保持相同的距离，被一段真空地带吸住了挂在半空，像贴在一面黑空气墙上，那些粗体大写字看得清清楚楚：

我们必

然后在涡流中摇晃，不可察觉地往下沉，接着立刻又升起，而同一只看不见的手把它完全摊开，同时使它转了半圈，那个词总算约以四十五度的斜角给人看清了一秒钟：

我们必胜

然后另一个涡流过来，把它扭曲，猛力往上拉，同时又把它左右摇晃，像一条蛇，痉挛，曲折，然后又皱巴巴，然后又滑翔一会儿，这时它愈变愈小，好像它现在也要陷入黑夜的深处，与吹起来的碎屑垃圾为伍，又软绵绵往下滑时左右摇荡，搁浅了。然后他听到轮胎嘶叫，骤然转头看前方，他看到石头、大理石、金属纠缠在一起的什么东西，从下面以火车头的速度迎着他们而来，裸体女人、美人鱼神、喙状船头、柱顶檐口，一切都混杂不清：这个突然往旁边滑去，从右向左横着穿过防风玻璃，又在左面的玻璃窗前穿过，大学生等着看到它在旁边穿过消失，恰恰相反，他现在却能清楚看出一个女妖的毫无表情的金属面孔和一块石头柱顶盖，也继续以火车头的速度向他们压过来，愈来愈大，汽车一直以同样速度移动，除了这个区别：它现在像螃蟹那样往横里飞，不是车头朝前，而是车腰朝前——轮胎的嘶叫此时使他震耳欲聋，然后硬的什么东西猛力撞他，不像他预料的从左面，而是从右面，然后又是步枪的枪管戳进他的腰里，意大利人脆弱的身体现在有一吨重，把他挤往座位的角落上，他自己也差不多有一吨重，然后又轻了，从意大利人那边不再有丝毫压力，轮胎的神经错乱的嘶叫声也停止了，代之而起的是发动机开足的噪声，意大利人正静静地在座位上重新安顿，把步枪拿过来，司机始终伏在驾驶盘上，仿佛在拥抱它，大学生朝意大利人看一眼，等待他跟司机说些什么，但是什么也没说，汽车现在又往前赶了，重新全速行驶，种植梧桐树的大马路朝着港口下去（实际上，汽车一刻也没有放慢过速度，它只是改变方向，一下子转成了直角，车轮向旁边令人晕眩地打滑时，继续全速转动，发动机超速转动，抱住驾驶盘的家伙只需要静静地等待，脚踩着跟底盘合为一体的加速器不放，任凭汽车自行停止往旁边移动后，再重新往前开），大学生想："这当然也是整个行动的一部分。这也是。就像自由的人不能继续在路上打扫别人的垃圾。因为如果他不会把这辆车时速开上一百二十公里往前冲而不死，他就不能算会开车，他就没必要冒了生命危险进入车库把它征用了来。这是必须做到的。一切都是必须的。包括违反物理基本规律的事也要做到。我们必胜。好吧。"然后又转过身，现在看到由寓意人物、鱼鳞尾巴、海神、船头像组成的底座上，那个上面是地球仪的青铜大柱子飞快地愈离愈远，现在他可以重新听到意大利人的声音，正在跟司机，不是像他隐约料想的那样直着嗓门吼，而是继续叙述他是怎样摆脱那名领班的，领班体重可能是他的两倍，也成功地抱住了他的后腰——这个同样热烈、深信不疑和埋怨的声音，当他们一路上下火车，跟警察谈话，乘上汽车，差一点跟纪念碑相撞，显然对他（意大利人）来说一直没有停止过，无疑在哪儿什么地方自个儿继续不停，不是重新又说了，而是重新又浮了上来（大学生不再听他——但是显然意大利人（或者声音）才不在乎，继续不停——虽然他无法阻止自己不听到，以致过会儿他又会记起一切（图片与语言），像在那一类电影里平行地通过：一个看不见的声音在念台词，跟正在放映的图片脱了节）。

上面，在黑夜中孤独、几乎看不见的那个青铜人物，站在他的镌刻海洋和大陆的底座上（在纪念碑底部由大理石或青铜寓意性雕像来表现，第二次缩小后印在世界地图上），把海洋和大陆踩在脚底下，那个人物就像人家说的这种圣人、隐士、柱头隐士或什么的，他们的一生就是在沙漠中坐在神庙废墟的一根柱头上冥思苦想，他不知疲劳地看着他穿越过来的这块谜一般的荒漠流动，就像在彩色盒盖上和有锯齿的方形邮票中见到的（青铜胡子、短披风、无边帽、青铜眼神），邮票上有不同颜色的单色画（10分、15分、20分、35分、乌贼墨、绿、朱红、茶褐、淡紫），表示情景，下船，棕榈海滩，上面棕榈树和香蕉树密密麻麻，树干向一边倾斜，一群身材美丽、全身裸露的野蛮人（女人头发束成马尾巴，乳房匀称，清秀的希腊面孔，雕像般的无毛的向外鼓的阴阜），看到他右手举起十字架，左手食指往上指（要不就是看到他身后不远的一群穿盔甲的士兵，手里拿着弓箭和出鞘的宝剑）就往地上跪倒，这时水手弓着腰抵着小艇的船身，正要把小艇拉出水面：一座城市、几百座城市的发现、命名和奠基，同样种上移植的棕榈树的马路，同样热得像蒸笼的夜晚，同样单调的柱子，矗立在一群寓意人物中间，上面是同样的发绿的青铜冒险家雕像，雕像上面盖满鸽子粪便，已经积成发白的硬壳：

瓦纳夫斯多的圣克鲁斯

卡亚马尔克的圣克鲁斯

查帕达的圣克鲁斯

马达拉群岛的圣克鲁斯

帕尔马的圣克鲁斯

塞拉的圣克鲁斯

扎拉扎的圣克鲁斯

菲列宾那斯的圣克鲁斯

穆德拉的圣克鲁斯

纳波的圣克鲁斯

特纳里夫岛的圣克鲁斯

里奥帕尔杜的圣克鲁斯

杜斯博卡斯的圣克鲁斯

在一片海洋的两边（然后穿越整个一片大陆，然后穿过第二片海洋），十字架的这个文明（这个特征，这个标记），在同样巨大的蛋糕式教堂，在同样炽热的天空，在同样挨饿的船坞，在同样无处不在、持久不散的烂瓜、煎鱼、堆在码头上的角豆、哈喇油的腐臭味中，在花柳专科门诊所的张扬扰人的招牌上（“冲洗—注射”），都一眼可以认出来——青铜做的插羽毛无边帽或头发（有时他不戴帽子，古代圣贤式的长发一直挂到肩上）给预言命运的鸽子当作栖架（柱子本身也可以说是不知疲劳的两翼颤动圆舞和潮湿空气中永久飞翔的轴线，画出一个好似无形的尖头朝下的倒立圆锥体）：一只鸽子，这是鸟，这是精灵，在羽毛似火的颤动中飞来停在上面，好像一个信号，好像指定它一个任务，把它派出去，给它注入勇敢无畏、千种陌生语言的天赋，就像藏在广袤森林里色彩绚丽的群鸟的聒噪，去发现未经开拓的土地，然后通过哄吓诈骗，巧取豪夺，采来了黄金、香料、灵魂和梅毒……

声音单调、愤恨、执拗，这个时候正在叙述暗杀以后发生的事（也就是说现在正说到那里——或者是大学生有一个时候已经完全停止听到声音，或者是声音停止的时候意大利人（也就是说他的精神，他的记忆）还在继续对他自个儿叙述，或者是他的精神或记忆还在不停留地跳跃——像一支箭——从一个位置跳到另一个位置，以致中间少了一个环节——到了现在这个时候他已经摆脱了领班（他没说怎样摆脱的），他看到的（这时传入他被枪声震聋的耳膜的是发疯的女人叫声（他说："仿佛这支该死的枪还在继续开，我从未想到这会闹得那么凶！"））不是那扇门，那个出口，而又是那块清漆木片编的屏风，它挡在门口与他之间，此外另有侍者这个额外的障碍（这就是说他的白上衣色块），在他开枪时侍者肯定奔了过来帮助领班，现在又一动不动了（可能像刚才一样看到了手枪），在第三名客人的椅子后面，这就是说正对着意大利人（意大利人开枪以后，向左转过四分之一圈），在过道中央，因而唯一的出路不是直奔屏风，而是直奔侍者和餐具桌之间留下的空当。

但是他，大学生，没有在听他，可以看到，或者不如说好像可以读到，仿佛它就在他的眼睛底下（那部放在膝盖上打开的绿封面大词典，栏目字母小，中间描有插图（鱼、植物、机器、大人物肖像、蛇、穿民族服装的农民夫妇），可以互换的注解："与省同名的海滨城市。城市四周荒山环绕，气候炎热。圣克鲁斯的房屋排列整齐，分成小区，建筑牢固；一部分面积宽敞，保护良好，另一部分从前是真正的宫殿，但是今天已成废墟。花园和棕榈树马路有的代替了昔日的城墙（圆城），给散步者带来绿荫凉意。港口是个良好的锚地，船只很多。防波堤附近是宪法广场，全用石块铺地，广场上矗立一根柱子，上面是著名的航海家，四周是狮子和寓意形象。港口运输：柑橘、葡萄酒、橄榄油、硫化铁、硫黄、褐煤。工业制品：铸铁、刀具、匕首、布匹、电缆……"这时候他看到，也就是说借助黑夜里几盏路灯的灯光辨别出，在一长排疯狂的梧桐树干后面有个东西，倏忽一现，就像出现时那样急速卷入虚无不见了：一个很讲究、很荒谬、很无用的东西：一堵没有洞孔的珍贵的墙，用切割成钻石尖似的石头砌成的，两个对称的壁龛，里面是没有头颅的圣人像，门的两边是扭曲的柱子，门内空的，以前喷出火和烟（不是教堂的门，而是地狱的血盆大口），这就是说现在是一道很高的黑影子，好像是贪吃的、吃饱的、黑炭妖魔的舌头，但是这个已经消失了，大学生想："喔。许多发烧引起的传染病。宗教：罗马天主教（狂热）、无神论者（狂热）、美国电影、炸弹。其他工业：娼妓、灰尘、劣质啤酒。主要娱乐：圣周宗教游行、足球、焚烧修道院、斗动物、死刑……"

意大利人的声音在什么地方正在解释，当他看到第二个侍者，这个人张开手臂，候在屏风的左面（在S形往回收的一边，他一会儿以前进来的地方（但是他说，中间发生那么多事情，可能过去一小时了），他犹豫了一秒钟：他可以把他打倒（他跟领班扭在一起以前，只有时间打上四枪），但是他说他不愿意用自己的手枪去打一名侍者，即使他很傻，以致他只剩下一个冒风险的选择，要么用枪管把他击昏，要么把他撞倒，违情悖理地希望他对付他也能如对付领班那样顺利，也就是说雇佣兵似的一身保养良好的九十公斤肉膘，他的主要工作是驱散流浪汉和伸手收小费，让一个差不多只有十四岁孩子高矮和重量的身材撞翻，他继续对着他往前直冲过去，直至他想起（可能他跑了一米，或者只有半米，或者还要少，因为一切进行得很快又很慢）侍者和他都还没有想过的一件事（侍者无疑对规定不敢违反，他么——他说——完全是纯粹的愚蠢），这就是说屏风到头来仅是个脆弱可笑的障碍，他不朝着侍者的方向，而用足力气冲向屏风，手臂向前半张，把屏风朝左面向着侍者推去，整个屏风晃动，哗啦啦倒下跌成碎木片，对他来说，处于遥远的第二宇宙空间，也可以说与他行动的现实是脱节的，这样——他说——发出的声响不见得超过一盒火柴散在地上的声响——大学生听见他（没有在听，但是听见）叙述这一切，黑暗中坐在这辆车内他的座位旁边，这名怪司机开着车始终一动不动（仿佛这一动不动，一种倨傲的不理不睬，从某种意义来说是速度的补充，速度的一个古怪必要的组成部分，以致他好像看到，在车辆随时会免不了粉身碎骨以后，他们三个身体或者不如说他们三个身体的幽灵，毫不担心，毫不在乎，依然悬空坐着，继续平静地、速度惊人地在这座荒凉明亮的城市里永无止境往前冲，把这堆支离破碎的木板框架抛在后面），仿佛他们坐在一辆由死神驾驶的车子里，从他那里散发出某种莫名的死尸气味，他的半侧面上无肉，赤裸的脖子上无肉，系了一块手绢，电烫的乌黑头发像时髦的舞蹈家，梳得整整齐齐，好像经过整容化妆的死人头发，再也不会有什么事把它弄乱了，头路开在左边，闪光锃亮，一根不乱，像鸡冠似的向右然后又往后梳，像一顶殡葬帽，上面急速闪过灯光的反光。

然后他又看到了另一个：也是这样有步骤地，这样整整齐齐地（但是怎么说才好呢？）消过毒，因为——他想——他们认为放把火就是进行消毒，那就是这么回事，门洞上高约三米宽约三米的墙面也是这样抹上黑的，仿佛在歌剧院满地灰尘的舞台上撒火彩，“嘭”的一蓬火冒出一股发臭的烟，传统上这样掩盖梅菲斯托的出场，随着他带走了所有的修士、司铎、执事，还有他们的女人长袍、发青的面孔、松软的肉体和太监的黄蜡般的脂肪，都在蜡烛吱吱的燃烧声中挥发得不知去向——他们愈来愈走近城市中心，城市到处狼藉满地，这不是一场战斗的遗迹（因为这跟受围困、通过武功占领的城市相反，那是郊区和周边地区毁坏得最严重，而这里的瓦砾堆——捅了窟窿的房屋正面、焚毁的教堂、遭抢劫的商店、弹孔累累的玻璃窗——相反地大多数都处在市中心），不是一场征服，一次强暴（既然它不是一次外界入侵的牺牲品），而是像内部什么东西往外流，往外拉，往外迸，更像是（血污和脏物）一种分娩，或者不如说一种流产，而其后果却可以说离心般地波及四周，像一颗炸弹的弹片从爆炸中心向四边扩散，愈远愈稀，“因此，”他想，“不能确切地说弹片打在它身上，还不如说它从自己的内脏分泌出什么东西，使自己内出血，血污斑斑，和……”然后他意识到是什么在追着他不放，像穷人那样死乞白赖（恳求、哀告、耐心、顽强、粗暴、苛求），像一个乞丐，突然被人发觉念念叨叨跟了你已有好一会儿了，或者像一个人，拼命敲门要进去，顽固，怎么劝也不回头，像讨糖吃的孩子或窥伺时机的猫，相信最后总会成功的；这时这就在那里，抢眼的廉价杂志封面上这种制作拙劣、色彩鲜艳的图像，突然成为活生生的现实（矿区瓦斯爆炸，屋面工人坠落，深水潜水员与巨大的章鱼搏斗），由一名负责社会新闻的绘画师来描述的情景，骚乱的定格和延续，恐怖、惊愕、愤怒的面容放在画面中央正在逃走，祖鲁人的头和头发的正面大特写，下面是一套借来的雅致套装，上衣凌乱飘起，那时他正要卷入旋转门，身体失去平衡，由一种夸张的透视法表现，这就是说头和上身特别大，胸往前俯，在下面或者不如说在后面，一条腿伸得长长的在蹬地，另一条腿半伸半屈（像百米赛跑运动员刚刚起跑），素描画家为了突出速度，把那条领带（朋友的妻子怀着母爱给他系上的那条）画成一条蛇形线，斜地飘晃在肩膀上，以致在后景有限的空间中产生极为生动的透视效果，桌子连同玻璃杯和玻璃酒瓶都翻倒在地，餐桌布满的是酒迹（还是血污？都是印染业用的那种红颜料，一视同仁地用于描地毯、领带条纹、座位装饰布、餐桌布上的斑点和画家在客人背上（肩膀之间）画的斑点，现在客人的上身倒在桌子上，像木偶戏中的木偶，头和手臂挂在舞台的边沿上，鼻子伸在打翻的玻璃器皿和餐具中，这样大家现在可以看到他的脑袋中间已经谢顶，旁边的头发再也掩盖不住，他旁边的年轻妇女张开嘴正要喊叫（为了画面简洁和效果，画家删去了第三名客人，不然他的背会遮去一部分情景），上身稍稍倾斜，好像心里有一种不可战胜的恐惧要躲开死者，两条眉毛纠结一起成了一个尖角，显现出难过、痛苦、恐怖，大学生想："但是事实不是这样。这就是说是看不见的。这就是说真正发生的事实是看不见的，不可能用一张画或者甚至一张照片来表现，即使当时真有一名摄影记者在现场……”这个可悲也可以说虚弱的声音继续在车内黑影中叙述他怎样重新穿过旋转门，撞着了穿制服的侍者，然后奔到街上混在行人群中，行人好奇地看着他，只是像看到日常秩序打乱而有点急躁的厌烦情绪：在餐馆的同一条街上有一家戏院，他记起看到过（那是他在玻璃窗后窥视、还没有进去的时候——那时大约九时过一点）一辆出租汽车停下，送来几名迟到的人：一个男人下车，然后他本人帮助两个穿皮大衣的女人下车，而他，意大利人，看见她们，也不是真正看见，就像心想着其他什么事的时候总是这样，只是注意到（可能因为他冷得打哆嗦，或者可能也因为这类事在巴黎很少见）男人穿一件毛皮大衣。然后在他做出决定向门走去时，有了这最后一幕情景：这两个女人站在人行道上，戏院门口的灯光从侧面照亮她们，好像是（由于她们长裙的褶裥）两根大柱子，男人向车门俯下身给司机付钱；然后他们走出了他的视线，同时在他的视网膜和脑子里消失，被他自我斗争的形象代替了，在旋转门的空气摩擦中努力要推开自己（大学生试图去想象这件事：不是他顶着自己的照影挤在一扇旋转门里，而是这道门槛，这个时刻，这片易碎的薄膜，这个看不见的片刻时间，把两个宇宙分开（不是指马路和餐馆大厅分开，而是指愚人熟悉、充满母性亲昵、闪烁霓虹灯广告的夜晚和充满冒险、危险和暴力的世界），通过这个时刻他现在往前冲刺，仿佛他进入餐馆，不是（像他的身体所做的）通过一条为此而设的走道，而是有点儿违禁地，仿佛他撞破了玻璃窗，在一阵玻璃响亮破碎声中跳了进去，打破了隔开空气与水的什么东西（他感觉静默和聋的印象显然就是这么来的，他的耳膜受到血的骤然压迫，声音听起来很远），餐馆内部也不是像平时那样空空荡荡，零星放着一些物品和家具，走过一些人，而是一种同一单纯的物体，乳白色的淡淡发光，包含着模糊的红片子（座位）、白片子（餐桌布）、黑片子（服饰），质量稠而凝，他在里面必然要用力才能行动（他感觉慢的印象可能也是这么来的，好像在梦中，像一名潜水员或钻入水底的人，他们的动作受到水的阻力的限制），仿佛努力要挡住他的不是领班或者侍者，而是空气；在第一次谋杀的时刻起，记不清的恐惧、记不清的诅咒使世界受到风化腐蚀，也使空气受了惊吓，从此变得铅一样沉重）。然后（现在他刚刚像炮弹那样弹出门外，在人行道上横着走以便恢复平衡，两条手臂伸向空中，卓别林似的，可笑，可怕，然后又直角转身），还是那辆出租汽车，停在老地方，穿裘皮领的男人正在直起身子，皮大衣敞开，一只手把零钱放回口袋，一动不动，现在略显不信任的样子，神情专注地看着他朝自己奔过来：他跟他贴得很近，两人四目对视，愣怔了一秒钟，意大利人想："但是那两个女的呢？……这不可能。这不是同一个……"他的两条腿在他的身下疯狂地移动，目光狂乱地在搜索她们，现在又有一个新的发现、新的昏眩使他恐怖，那时他看见她们了：此刻正好在剧院玻璃门的另一边，站在盐罐子旁边，又一动不动，她们的面孔他没有时间看，因而在他的记忆中如同这些损坏的石头或大理石头像，还有她们的褶裥长裙使她们看起来像大柱子，女像柱，两尊怡静、超越时代、难以理解的女神雕像，而这个也消失了，他的肉体（两腿、心、肺）可以说在他的身外继续奔跑（仿佛他给它下过命令，然后又毫不关心，好像这些忠诚的奴仆会继续工作直至精疲力竭为止，只因为主人忘了关照他们停下来），而他的精神完全平静不受波动，正在意识到这个事实：自从他挤进旋转门里以后一切发生的事（这一长串，或者不如说一大堆，或者不如说火山熔岩般的，或者不如说暴风骤雨般的感觉、幻象、声响、感情、冲动，截然不同地都涌在一起，挤在一起，混在一起，叠在一起，根本无法控制和说清，它带着可以说所有必要的排场、豪华和阔绰伴随着一个人的死亡），实际上持续或者占据的时间，仅够看一眼计程器上的价目，解开皮大衣的扣子，从口袋里掏出几张钞票，等待司机打开他的钱包点硬币，赏给他一枚硬币，一边把其余的装进口袋一边直起身。突然他闭嘴了，大学生也闭嘴了，总是从司机的死尸般的背上看着房屋、树木、十字路口，从照亮的阒无一人的黑暗中出现，进行一场永无休止的冲锋，向他们蜂拥而来，仿佛它们从黑影中，从它们记不清的一动不动中猛力挣脱出来，为了使自己具有这个暴力世界、暗杀世界的特性。过了一会儿，汽车内部现在形成一片寂静，反而把他惊醒了，那时转过头，凝视意大利人（也就是说短暂的情景：灯光掠过的几个瞬间，把他从黑暗中拉了出来，灯光勾勒出他发青、粗陋的硬线条（面孔皱缩，头发竖立像个球），惨得可怕，苦得可怕，他好像从来没有母亲，不是一个女人生育的，而由失望、委屈和愤怒（跟武器、火器和炸药同时，又作为它们不可缺少的补充）生育的），每次灯光猛然闯进车厢，他可以看到他坐在这个座席上安分守己，两只手分开平放在身体两边的座位上，两条手臂像两条拉索，支撑着他的单薄虚弱的身体，车子转弯时把他们俩——他的武器和他——推到大学生一边，他又抓住枪，现在放到他叉开的两腿之间，枪栓靠在座位的边沿，以致美国人……

III
帕特洛克罗斯[1]的葬礼

① 希腊神话中阿喀琉斯的好友。特洛依战争中被赫克托耳杀死。

枪栓靠在座位的边沿，以致美国人（现在——这是三天以后——他们在房间里，或者不如说以前是大酒店的一个房间里，意大利人坐在（仿佛人家把他从汽车的暗角落里直接送到了这里）这张可笑的妓院美人榻上，完完全全同样的姿势，像是一个异国动物标本，可笑、危险而又可怜兮兮，放在传达室里一只垂死美妙的软垫上），以致美国人一边看着他一边说（可能只是为了打破静默。或者为了掩饰，无论如何不是针对他而言的，因为这一件事，他已经要他注意不下二十次了）：

“这杆枪总有一天会走火，你的脑袋就要开花了！”他还抿着嘴喃喃说，给别人发枪以前，可能最好还是开始先教他们怎样使用，在教他们怎样使用以前，先教他们怎样拿枪，这样做了，医院才可能有时间去治疗那些真正给人家瞄准了才吃子弹的人，所有人的目光（小学校长、穿警服或军服的秃头和大学生，小学校长扣上上衣后一动不动又坐在他的桌子后面，姿势没有变动过）都一齐转向坐在主教美人榻中间的意大利人，他们的眼睛却盯住那杆枪，那个油腻腻的枪栓在座位的边沿上（直接压住玫瑰色散线的丝套子）滴下一团油渍，圆的，灰黄色的，虽然渗透慢得肉眼看不出来，还是逐渐扩大面积，像吃在吸水纸上，意大利人没有动，轮到他口中念念有词，显然那些话他也回答不下二十次了，每次美国人和他都是从来不听的，不但不听对方说的话，也不听自己嘴唇里出来的话，因为他们两人最不操心的事恰巧就是死的风险或死的可能性，还有就是关于这两件事上人家会说什么话。一会儿以后，就是枪，还有美妙讲究的美人榻面料上的油渍，面料已经磨得露出了经纬线（有的地方只剩下蜘蛛网似的红线），毕竟有不少世代的妓女献出过她们擦粉的细皮白肉，温柔值钱的屁股在绮罗绸缎上蹭了又蹭而造成的——那个油渍还在扩大，现在差不多有五法郎硬币那么大，但是向阳台开的窗子——或者不如说大窗洞——完全被他们挨在一起的背遮住了，没有人看见油渍，他们现在盯着看的是在他们左面五层楼底下的东西，目前还模糊、黑暗、不明朗，横着把街的两边都堵了，在中间或者不如说在上面，不是向前移动，而是好像晃动一座黑的、银的、红的金字塔似的东西，在原地不动但是在颤动。后来他们辨别出：首先是穿制服的军乐队，然后空了一段，然后四匹披黑马披的黑马，头上罩了一只头罩，头罩上一块四周绣银色饰绦的圆孔，圆孔中央突出黑色长睫毛，泪汪汪的黑眼睛充满红丝，还有就是那口棺材（或者由于它的体积和高度不如说是灵柩），好一会儿就是这些：十六条细而黑的马腿，提起十六只马蹄蹬在地上嗒嗒响，车轮在静默中发出缓慢、庄严、肃穆的嘎吱声。但是目前，灵柩好像漫无目的地在航行，或者不如说在滑翔，不受地心引力的限制，丰富、阴暗和滑稽，浮在众人的头上，像节日里小贩系在一根杆子上的一簇气球，以致簇拥在四周的人群，不像起初看到的那样，是扶着它抬在背上，而是像不让它飞走，仿佛他们害怕看到这一切（黑色鸵鸟羽毛、血红的花束、马夫和四匹启示录中的马）都在这一次童话般的神圣葬礼中往天空升去，在城市上空滑翔，愈来愈小（不是被四蹄腾空、背插羽毛的驽马，而是被完全处于静止状态一动不动、可笑可怜、像儿童玩具似的轭马和大车带走），消失了。同样他们好像没有前进（必须指出，这只是一时的光学幻觉，既然一会儿以前马路还是空的），大家也想象不出他们（也就是说组成人群的那些人）在什么时候把他带往哪儿又去干什么，甚至想象不出他们是不是有过意图，制定过计划，把他带往一个什么地方，因为把他带到城市四周盖满尘土、臭汗淋漓的郊区中这么一个公墓，这好像是不可想象的（可能是两天前早晨他被人发现的同一个郊区；不是那样的一些尸体，露出一双穿绳底布鞋的脏脚丫子，躺在一家工厂或农场的墙边，好像睡在那里，在梧桐树零落的阴影里平平静静，对爬上眼睛的点点阳光和成群苍蝇都无动于衷，直到走近他们才理会到他们排成一行就是给你点数的，令人心里发怵的一动不动，身上血污已经发干——而是穿了睡衣（也可能穿了指挥官制服），被一颗子弹干脆利落解决的，或者最多是两颗子弹，打在背部或者后颈，像一个人被人客客气气从一辆汽车请下来伸伸腿活动血脉，这时在黑夜里响起两声枪响，然后又是第三声声响（汽车的车门又关上），然后又是发动机声渐远渐低，然后一切消失了，在无动于衷的星星下一无所有，除了无动于衷、单调的蟋蟀叫声），不可想象，他们正在走向这么一个郊区公墓，到了那里大家把他放在一只骨灰瓮或一块石碑下——不是一座十字架下，有几缸盖满灰尘的菊花，慢慢生锈病，先后散架，劣质货似的轻轻一声跌在贪婪的土地上，土地好像把它们立刻吞咽了（既然地上什么也看不见），悲切切用金字写成的悼词墓志铭在紫灰色的花丛中穿过，拙劣夸张，如呕吐的亵物，到了最后，还向来访者提出一个谜语似的语言骷髅，骷髅上有的地方还沾了元音和二元音的碎肉片——令人不免要问他们的意图，不论是有意还是无意，是不是攀附在他的身上，拉住他，不让他上升到空气中，沿着这个长街的四方阵里划定的一条走不完的复杂的路线，一本正经无穷尽地抬了他走下去（除非到了他开始发恶臭的时刻）。从他们所在的地方（不管怎样是此时此刻），他们（这五个人挤在阳台上，在他们的右面左面，上面下面，还有对面，其他公寓楼的所有阳台上，都是同样白色的一簇簇人（大多数穿衬衫），上身粘在一起向前俯视，一声不出）还不能够念出横幅上写的是什么。横幅好像也是在棺材后面一点的地方飘扬，稍微偏向一边，随着气流的转动，卷拢放开，下垂上扬，脆弱不稳定，上面显然写着的字也不比薄纱本身更厚实更有分量，仿佛它们是写在空气中似的：不论是宣言，或威胁，或抗议，它们像连环画中人物嘴里吐出的蛇形句子，微微起伏，含糊不清，原生质的（从这里还看不到横幅两边的杆子，只是见到高高擎起的横幅，根据举的人的步伐走拢、分开和往上升），像一具发白的死尸，得不到安息，也安息不了，真所谓是呐喊、反抗、愤怒的幽灵，既威胁别人也受别人愚弄。然而，他们可以看见旗子了，即使在远处感觉还是很强烈和夸夸其谈。不是那种军旗，乌木杆子支起来的又硬又重的象征，戴白手套穿盔甲的骑兵姿势挺直、踏着拍子往前走，好像（卫兵和旗子）用磁漆锌板压出来似的，而是几块简单的布条钉在简单的小木头上，既不硬，也不挺直，而是飘荡、卷合、交叉、下俯、上仰，好像重得擎旗的人不胜负担，好像一群受伤的鸟，在攒动的人头上无力地鼓动翅膀，仿佛它们从挤满街道两头分辨不清、一声不出的人群中钻了出来，作为原始的信号挥舞空中，无可奈何地展现人前，表明的不是一个意志、一种冲动，而是困境（就像铁路上巡道工发狂似的挥舞那块可笑的布片，两条腿伸开，不可动摇，不可移位，绝望地对这块红破布的灵验、奇异功能寄予信任，甚至那个魔怪似的庞然大物对着他冲来，哗啦啦眼看要酿成惨祸，居然停止了，奄奄一息，全身脱力，钢铁缓冲器碰到他衰弱的胸脯，令人可怕的铁骨骼吐出最后一声长叹）。还有其他的事。不但没有白手套、饰绦和三名头发灰白、胸戴勋章的低级军官：那是气候、空气和纬度。某种用度、平行线、水银柱来衡量（以前一直这样衡量）的东西，它可以说是有机地排斥了三个传统颜色的传统联盟（或共处，或宽容），这三种颜色是不会褪的，漂亮的，消过毒的（无疑是因为它们也作为洗衣场的招牌），它们在乌绿发亮的树丛、草地或绿色海洋的深处啪啪响：蓝、红、白，每种颜色最初都是唯一的，绝对的，贪婪的，甚至凶狠的，但是它们在冰凉的海洋两岸，通过长年一连串的灾难（对抗，主教会议，哲学家，杀头的王后，沙漠劫掠，地下印刷所，律师，逐出教会，大宪章，暗杀，改革，亵渎圣物，龙骑兵迫害新教徒，地下刊物，条约，歌曲，巴黎公社，商会），好也罢，坏也罢，不得不被迫签订了一份停战协定，一份协议书，一份君子协定，一份临时协定，不管怎样也算是被双方接受了，遵守了（即使不是一种平衡，至少是一种承认，即使不是一种现实，总是表示意向、维持门面（这已是一个开始）、走向接近，甚至当它们飘扬在有限公司的门楣上，甚至当选择了它们的国家和人民让那些警察举着看着时也是如此，那些警察像闲来无事的三位一体，铜盔擦得锃亮，全身穿得鼓囊，像个蠢货，像个文盲）。在这里，旗子只有一种颜色，最多两种（这不是一种共处，一种停战，而是像一种天然血缘关系：丧事、死亡、血、金子，这都是一枚勋章的遗产，勋章由一名未开化滑稽的国王，在一个战争之夜，把四根潇洒的手指伸入快要断气的侯爷的伤口，在他的盾牌上画出来的，一位侯爷想到他的族徽家训决不会不以自豪为本，他的家法决不会不以武力为凭，他跟他的国王一样，事实上占有的地方也只是一片贫瘠硗薄的黄土而已）——美国人（他比其他四个人高出一个头，不是靠在阳台栏杆上——这样他的身子要折成两半了——而是站着，随随便便，身体稍弓，栏杆只是刚超过他的大腿）说旗子还是太多了，不同的颜色还是太多了，还说他不喜欢棺材后面哭的女人太多，就像在莎士比亚的剧本中，当年轻的王位继承者，蓄前刘海头发的王储，尽管长毛垂耳的西班牙小犬听到谋杀犯的脚步走近，发狂地乱吠，还是给人家掐死时，尽管七位皇叔在上帝圣油、全部圣家当面前起过誓，要保护好他，要看管好他，现在又聚在一起重新赌咒，要为死者复仇，要惩罚有罪的懦夫（蛇、爬虫），呼吁上帝对他天诛地灭，七只右手握在一起，组成一个不可拆散的纽带，订立新的神圣同盟，七双眼睛乜斜着看对方，七只左手小心翼翼地放在背后，衣袖里很巧妙地藏着七把意大利匕首。“这里面的皇叔当然有好有坏，但是这时谁是好的呢？”那个叫阿隆索的家伙不可察觉地抬起头，对他看了一会儿（面孔不完全朝向他，眼睛斜的，神情不是那么惊骇愤怒，而是惊奇提防，不是那么怀疑威吓，而是沉思忧虑，最后说（那两个字主要是齿音组成的，发音时几乎不需要他张开嘴巴，以致他的脸上五官不用动一动），慢但是坚决，甚至耐心，好像在教育一个孩子，但是决不姑息：“我们这些人。”

我们这些人。但是美国人没有动，也没有在审视他的目光下眨一眨眼睫毛，继续凝视五层楼底下缓慢不可抵挡的人潮，尽管一直显得不动的样子，已经接近了。因为现在可以看清楚横幅上面的字，这说明横幅也已接近了，虽然大家朝着它看时并不像在接近，只是继续在原地晃动，内脏微微在抽搐：字个个都看得见——决不是一次都看全，但是经常反复出现，在精神上可以把全部的意义抓住。虽则（即使对于组成大部分群众的半文盲农民和工人来说）在看完第一个字和最后一个字后［这两个字最常见到，因为最接近杆子，也就是说薄纱布经常差不多是竖着的，于是横幅中央往下挂，都是折叠，偶尔又从横里卷了过来（像一条缎带）]，还需要把字一个一个细读。事实上，这是同一个问句（或是同一个含蓄的指责），已经在报刊上用大字标题作为主题重复使用［报纸总是留在食堂餐桌上被人忘了，被人扔了（就像靠在美人榻上的那杆枪或者办公桌上的打字机，这一切——枪、大标题，打字机——都同样一动不动，都同样消极被动，都同样是无生命物那样听人使唤——也同样令人害怕，同样危险）]，没有人真正想到费心去把它认出来，每次横幅上的白色斑点映上了视网膜，这句熟记在心的句子自会在思想上形成，二十米的横幅在空中飘扬，就像一片云雾，一种冷凝，一种缠绕心头挥之不去的欲望，凝聚成可见的物质，如云似的在众人头上飘浮：

谁杀害了桑迪亚戈？

马蹄的嗒嗒声，车轮的嘎吱声（可能路上铺了沙子？）愈来愈响，或者不如说使静默愈来愈加强，静默也可以说是看得见的，大学生发现现在有两辆有轨电车（有轨电车也绘上了纹章族徽，铆钉钢板车身上红黑两种颜色各占一半，车顶上乱哄哄坐满好奇的闲人，像体育场看台，中世纪论坛），在通向海港的路口一动不动，然后他理会到每条通往广场的大小马路口（除了那一条一边没有人，另一边塞满借道通过的游行队伍）都是一样的（有轨电车、汽车都堵着动弹不得），城市在周围和周围以远的地方继续发出闹声和杂乱的呼吸声，但是一过广场周边一条看不见的界线起，就停止了，从阳台看出去，穿过广场，可以看到像静默的粒子（显然是因为大多数人都穿的是绳底布鞋）向中心汇合、集中（像磁场中的铁屑）、浓缩（有的人心急火燎跑步，但是并不出声，他们的行动并不惊动这种昏沉状态），沿着广场的边沿停住不动了，广场正对着大酒店，因而可以说形成一个区域，区域内静默好像更加稠厚了，不透明，乌黑，闪烁火星［大学生只是在那时记起古怪的司机和他的抹发蜡、闪闪发亮、乌鸦翅膀似的头发，发蜡好似金属那样亮堂堂、阴沉、不可穿透，也成了头盔的代用品，如同他们的制服、机械师工作服、上衣（或者仅仅是卷上袖子的衬衫）和携带的武器，仿佛也成了他们的服饰不可更动的一部分］，以致通过第六个感觉（不是听觉）的媒介，他可以感觉到某些东西，它不是出自静默，而是可以这样说，它包括静默，组成静默，不像一般从游行、葬礼、示威或暴动时聚拢来的群众中散发的东西（尊敬、痛苦、愤怒、默哀）。

然后他理会到这是什么。甚至从五层楼上也能看到，他事后还这样想：就是瞎子也能看到。好像是聚集在一个房间里相互不对看一眼的人。也就是说跟平时召集群众、运动群众相反，这群人没有一个外在的、区别于自身的目标（或者一个既定的、有名有姓的、简单的、可见的敌人），对准它或针对它，宣泄或发泄自己的怒火，标语（或者横幅——不是只有一：在第一条后面又来了其他的——差不多跟食堂餐桌上的报纸一样多）条条都在重复（跟报纸头条通栏标题一样的不同说法），不是一种控诉，而是同样令人心烦的得不到回答的问号，好像单调的丧钟声，没有申诉，没有救助：

谁杀害了？谁杀害了？谁杀害了？

这里使用人称代词像是出于羞涩，或者谨慎，或者预防（像那些出于怜悯的婉转说法，用来向家人宣布一条为难可怕的凶信，只怕对方的精神和理智忍受不了），以致真正的翻译（也就是说每人实际上看到的）不是“谁杀害了?”，而是“什么杀害了?”，仿佛他们发傻似的在问自己一场感染、一种病痛的名称与性质：并不是由来已久的吞气症对老将军、老教士进行无情的家长式的制裁。这些老人皱纹满脸，大腹便便，靴子倍儿亮，粗腰身上围着蓝缎带（那些将军）或者紫缎带（那些教士），他们漫画式的脑袋高傲、冷酷，坐镇在不真实的九霄云中，还可能是它（群众）自己分泌的东西：一种传染病，属于那些可怕的、致命的、令人反感的病。这都是穷人的遗传特权，如头癣、斑秃或茅厕堵塞，这东西愚蠢、愤怒、盲目，在被臭盖子重重压着透不过气的大城市里，在阴沟、腐瓜、哈喇油的臭气中到处杀人——游行队伍的首端现在已经很近，虽然大家没有能够看到它真正在前进，不如说仿佛是一系列纪录——不妨这样说——各个枯水期人潮的呆镜头照片，放了一张又一张，人潮溢满街道，直至可以看出紧跟着灵柩后面走在第一排人的面孔和眼睛，那是一个组织或者一个团体或者一场妥协的代表，他们自称是政府统治集团，实际上已什么也不再统治；这就是说二十来个人，自身代表十来个政党、委员会和工会，政党、委员会和工会又自称代表成千上万个委员会和理事会（全国有多少城市和乡镇甚至村庄，甚至工厂，甚至农场，也就有多少委员会和理事会），它们又把自己看成是政府机关——这二十来个人，很乐意坐下来给人拍照（他们也是穿了机械师工作服或衬衫），团团坐在哥特式长桌子四周，在这个一度曾是总督官邸的仿钟乳石哥特式天花板下，没人记得清总督曾经统治过什么，但只知道他盗窃财富（称为征税），或者下令吊死那些拒绝让他盗窃的人，以致这二十来个人没有权势，缩成一团，坐在哥特式长桌子四周，无精打采地让摄影记者拍照的人，没有必要解决由另一个政府代替这一个政府的问题，而是一开始就设法做到（这只是利用明胶炸药与金钱的奇迹、干预和说服力）在这些全身铠甲的武装人员的脑袋里，灌输一种对他们来说既像政府一样抽象而又空洞的观念——主席（他们确曾选举一名主席）走在第一行人的中间（尽管天气热，或者因为低气压阴天，他穿了一件轧别丁大衣，他也是唯一有一顶帽子的人，他拿在手里），同样目光无神，定定的，夜游神似的，同样脸上的肉发青松弛（显然被长桌子四周的摄影记者团团围住照相时间太久了），同样麻木疲乏的表情（不悲伤、不消沉、不害怕——虽然死者（那个后颈挨了两枪后在郊区一个荒野里发现的人）是他的朋友、私人顾问，自称是政府的其他十九名成员中有好多人都要求他跟他疏远，他就是不同意，现在这个问题已被虽不合法但一劳永逸的方法解决了，以致他现在可以说有特权能够为自己送葬，这可不是人人都可享有的——可是十九名成员（那些要求他、请求他解决顾问问题的人，最后终于像这次仪式所证明的如愿以偿了）没有一名摆出一副得意和得胜的神情——也不懊悔，他们的脸也只是像主席的脸一样夜游神似的，一样疲乏），车轮的嘎吱声现在很响，在可怕的静默中有点像雷声隆隆，这时棺材经过阳台底下：四匹发出死气的马，披上马衣，戴上马头罩，中世纪式的，十六只优美纤弱的黑蹄子蹬在地面上劈劈啪啪，然后是灵车，上面压着山一般的血红花束，带着它发颤的鸵鸟羽毛，它的看不见的、要杀人的死人［“葬礼！”美国人说过，“这是人们永远不会感到厌倦的诱惑，老人永远受到吸引的钓饵，他们满心喜欢奔了过去，看到他们的一个同辈或一个小辈埋入土里，心头控制不住一种老年人的喜悦，说话颠三倒四，冷嘲热讽——这说明为什么每天早晨他们怀着同样的焦急，同样欣喜和脆弱的贪婪细读报纸上的讣告——庆祝每个人的死亡犹如庆祝自己的胜利，忘了一切谨慎小心，抛下了拖鞋、花格子毛毯、炉火，走去在冰冷的拱顶下，在公墓的风口中可怜巴巴地哆嗦，在那里染上了速战速决的胸部炎症，让他们在第二个星期就给人横着担走了……把一具腐尸进行卫生庄重的埋葬，仪式，反复进行的免费演出，这成了傻子、老朽最崇高和最后的乐趣。不是法国有句成语说起这个，一个法律术语什么的？……‘死人抓住了活人，’不是吗？哈哈！……‘死人杀死了活人！’哈哈哈！……”意大利人和军官（或者警察）看着他笑，带点难以置信的、带点惊愕的神情（也带点惊恐，大学生后来想，好像走在棺材后面的那些人。是这样惊讶、惊恐和筋疲力尽），小学校长安静，深不可测，带着在他可以算是一种笑容的表情说：“你说得好。”美国人说：“是的。非常好。用好几种语言。我学过。你以为这是个辛辣的笑话吗？”小学校长继续看着他，面孔布满皱纹，完全一动不动，呆板（像中国戏剧的脸谱），带着这类特殊的微笑，美国人又笑了，说：“太辛辣，是吗？哈哈……我学过用各种语言加调料，我学过用各种语言加调料！哈哈哈……”小学校长继续微笑，盯着他看，不提高嗓音说：“你说得太多了。”美国人说：“我知道。但是好笑，不是吗？”小学校长说：“是的，滑稽。”］这个看不见的危险的死人，由两排并行的士兵护送着（就是说真的——不是那些饥饿，精瘦，头发上抹了发蜡，裤子磨破，穿绳底布鞋，扛着或者不如说竖着武器的家伙——也可能原本也是假的，这就是说，弄得干干净净、明明亮亮后，看起来才像从轻歌剧舞台的幕后钻出来的，带了他们可笑的上光的两角帽，裹紧的制服，蹩脚的马枪，机器人的脚步，跟音乐厅的龙套一模一样），他们走在棺材的两边，枪口对着地面，像两行幽灵，虽然他们脚上套着不是绳底布鞋，而是有钉子的高帮靴子，车轮响亮的嘎吱声盖过所有的杂音，美国人的声音凑得很近说［但是这是晚上（还是前一天，还是早晨？），这时候大学生和他两人都坐在广场上，周围是杜鹃花丛，街头摄影师，老人，在尘土中嬉戏、相互追逐的孩子的不和谐的惊叫声］，说他们这些人都不过是幽灵，就像洞穴人，看到低低的太阳把自己照在地上的影子，拉长、膨胀、巨大、摇摇晃晃，都当做了真人，说他们带着一种惊讶，也有点畏惧，也有点迷惑的神情，瞧着自己不稳实、笨拙、受光线的折射而无限变形的动作，像平衡失调病人的动作，但是又说这一切没有多少现实性、严肃性、可信性，只是一些影子，舞台的龙套，背上插了纸翅膀，系着绳子悬挂在架子上……大学生说："但是你不也这样么。"美国人又大笑起来，是这种没有欢乐的笑，不勉强，不讨厌，不嘲讽，只是没有欢乐，大学生想到小学校长瞧着他的样子，话几乎已到嘴边，还是及时收住了，或者可能他说了，或者可能美国人甚至不需要他说出来，不用他动一动嘴唇，照样听到了，因为他现在说："是的。危险的。怎么不是呢！但是你会宁可等上几年吗？成年累月等着，直到知道这个最后到头了，看到你受着煎熬慢慢完蛋，一个机能接着一个机能，或者所有机能都一块儿，看着你慢慢地腐烂和过去——也就是说爬着过去，你看他们——不得不拖着自己支撑着身子的两条腿——每天走去坐在一座公园里，眼睁睁瞧着那些女孩子过去，你再也没有福分享用了，你决不会有福分享用了。妈的！"——但是可能几年以后，还是那些同样的孩子，同样的老人，同样一大片骤然飞动的鸽子群，同样旋来转去的有轨电车车道，叮叮当当，花花绿绿（但是不再是两个呆板重叠的三角形、红与黑的印章：现在是颜色鲜艳的开胃酒或洗涤剂的牌子，抢眼，抓人，商业气十足，不讲其他功能只求视觉效果，像妓女的长裙和化妆：只是抢眼，只是抓人），同样一群群精瘦、抹发蜡、穿破裤子的家伙（但是他们现在也有一件上衣，有的人穿衬衫，然而把他们的上衣像样地折放在臂上，一条领带——也是破的，但总是一条领带——系在脖子上），挂在踏脚板上——身上有种不可言状的东西；像身子残缺的人，独臂的人，他们的目光严厉，尖锐，躲躲闪闪，老鹰似的，他们的面孔发赤，瘦削，他们的声音也可以说像老鹰，不是低沉，而是嘶哑，气短，急促——从听到他们谈论的话题来说是太嘶哑了，太急促了，这是些足球赛，自行车赛，电影，还有那种人人皆有的牢骚，永远说不完的民愤，永远说不完治不好的失落感，像有些人，他们心中隐藏某个看不见的秘密的创伤，被人家夺去作为命根子的东西而不能忍受，“像太监，”他想；然后他又想：“我知道：武器。”办公室里一面特丽亚侬宫灰墙上有一张用图钉钉着的招贴画，画上是一个赤裸的男人上身，在肚脐下的部位由一个长方形的底边切开；瘦狗似的干瘪，肋骨一条条突出，两臂高抬，面孔也高抬，头往后仰，嘴巴张开在喊叫，两条手腕上都有铁环，铁环上有一段铁链，原来是连接的，现在是挣断了，两段短短的铁链扬在空中像两条蛇，两只手中的一只，那只右手，挥舞一杆长枪，瘦而肌肉发达的上身是茶褐色的，在浅黄色背景上显得很突出，画家用浓重强烈的光影效果夸大身体的瘦和肌肉发达，整幅招贴画没有其他说明，只是在瘪肚子下面，长方形底边的一块白框里写了那句话：

我们必胜

用黑体大写字母，他，大学生——或者那个以前做过大学生的人——总以为看见了这句话，悲怆、嗥叫、失落，这时他坐在同样的杜鹃花丛中间，老人和高喊的孩子中间（但是现在也有了女仆——不是少女也不是妇女，是女仆；像一种家禽，穿了蓝白条子长裙，笔挺的月牙形褶裥领背带围裙，颤颤的像鸟的羽冠，像鸟的翅翼——她们也像那些妓女一样，从南方来的，但是她们用圣母马利亚的颜色装扮的，她们有未婚夫，每个周日下午来找她们，黑黑的青年，精瘦，头发像乌鸦翅膀，抹上发蜡闪闪发亮，神色严峻，不声不响，自豪，谦抑，阴沉），总是坐在尘土中叫喊追逐的孩子、鸽子、一尘不染的女仆和杜鹃花之间，在单调的有轨电车车道中央，车身上盖满剃须刀、泻药或干邑酒代用品的广告（其中一辆电车慢腾腾地从梧桐树荫里驶了出来，散点子的阳光在它的白色车顶上驰过，朝马路的上方开去，又慢了下来，踉跄，不动了，驾驶员的上身出现在前车窗，弯下身，两条手臂拿着一根金属杆，在探索、在寻找岔道螺帽——他抬起身，重新挂好金属杆，人不见了，车头和车厢一会儿像自发的晃动起来，在无休无止的嘎吱声中进入了那道弧线，慢慢地露出车身（不是一种连续的动作，而是一系列轻微、颤动、突然的平面变化），大学生（以前做过大学生的人）可以把白底红边绿色字念上两遍：

磷化铁

然后下面更小的字：

强身和营养

在上面，沿着车顶，在一系列移动金属牌上：

若亚金哥斯达路—王后路—日尔曼娜路—比德罗三世路—鲁扎沙路—哥伦布路—光荣路—和平路—王后广场—钟楼路—圣母广场—塞拉诺桥—萨贡特路

广告，红的与绿的字，突然被一个黄车身盖住了，代替了，这个黄车身横着向反方向转动，也就是说从左向右，这次上面是黑色大字：

硼酸水

森　林

沿着车顶的牌子也是不同的：

萨贡特路—塞拉诺塔—塞拉诺路—骑士营—圣母广场—王后广场—圣维森特路—北车站—贾蒂瓦路—基约姆·德·卡斯特罗路—耶稣路—阿巴斯多斯市场

红绿白的广告又出现了，在左面，两个彩色缤纷的车身分开了，相互隔远了，两者之间的空间增大，第一辆有轨电车到达广场的东北角，这次没有停下就转了弯，显然岔道处于它的右面，那个有黄广告的有轨电车却在从港口上来的那条路的路口停止了，司机拿了金属杆在操作，然后车头和车厢又重新晃动，但是直线前进，也就是说朝着路口直角切过去，第一辆有轨电车带了车身上漆成红绿白的广告，这时到达广场的西北角，停下来让从它的右面过来的一辆有轨电车垂直地转入它的轨道，那辆车车身上漆蓝白广告（显然是一种洗涤剂牌子），它加快速度，迅速滑到现在是一家银行的墙脚下（跟送葬队伍走的同一条路，同一个方向），银行有大理石的墙基，大理石的列柱廊，围铁栅栏的大窗子之间冷冰冰的大理石柱子，这时候另一辆有轨电车在第一辆有轨电车相同的地方出现了，在从港口上来的那条路的树底下，散点子的阳光同样在它的车顶和车身上驰过，车窗前是同样一动不动的姿势坐着的人物的上身，踏脚板上挂着同样一簇簇的人群，但是司机没有停下来换岔道，而是沿着广场的南边，顺着马路，直奔那些涂红、涂黄、涂蓝、涂白、涂绿，绕着广场周边不停上上下下，来回交叉，像玩具似的小有轨电车。

下午过去了一半，太阳还是很高很热，天空蓝中带白。

用图钉钉在特丽亚侬宫灰墙上的半身像，瘦瘦的，充满悲剧，不堪一击，加上他一条条突出起伏不停的肋骨，他挣断的铁链，他挥舞着的武器，好像一位受人景仰的英雄，一位历史人物或传奇人物，在很多很多年前的一次战斗中，一次宗教祭祀中死的，不是为了阻挡侵略者的进犯，守住一条隘道，保家卫国，什么家什么国如今连个名字与地方也没有人记得了［此外，面积最多像一个镇一个乡那么大，当时的历史情况，口角，入侵，实际上只有（其范围只是）牧羊人与他的恶邻居的一场争吵，一场地界纠纷，一桩偷情或女儿失身这类事那么严重］，他们死的唯一作用显然是几世纪以后当作代表人物来介绍，即使不像也没关系（因为谁见过死去英雄的面孔？）：只要他们的英名，青年英勇就义的神秘与光洁的肉体，他们下悬的无毛的雄性象征，他们扁平的肚子，他们细长赤裸的大腿，拿起武器，对天宣誓，相互勉励，在密林般的旌旗中佩上宝剑，有翅膀的信息女神吹着号子，战士的铁甲声在静悄悄灰扑扑的博物馆里褐色与红色纸板做的山石中回响。博物馆里其实只有戴漆皮鸭舌帽、穿藏青制服的残废老军人在打瞌睡。

他想："我坐在这里，也像个博物馆看守员，即使还不是残废，戴上一顶无形的鸭舌帽，穿上一件无形的制服，照样不是也可以，还不是一个老人，但是，别忙，这也要来的……"他可以看到自己身处在这座样子像断垣残壁的城市里。还不多，可是除了这家大酒店以外，就是烧毁的教堂和几幢由将军和主教大本营下令轰炸的房子——轰炸不完全出于憎恨或愤怒，显然也出于例行公事，因为从表面上来看，为了这块古老的泥团和水潭不停地旋转，就需要定期配给它一定数量被柱子压死的儿童，乱抓自己胸脯的蓬头散发女人，从瓦砾堆里伸出痉挛的手，唯有这样，四季才会如期而至，阳光、雨水、风霜、冰雪才会各司其职，让大家活下去。但总是断垣残壁。就像这些穿破衣服的人，自有某种不可言状的东西，表示断臂缺腿的人的特征。不是舞台上断臂缺腿的人，他们光荣，胸佩勋章，坐在由一群胸佩勋章、大乳房的光荣护士推的小车里参加检阅，别满勋章的军旗也要在他们面前鞠躬，而是像这些人，他们的衣服、袖子都努力要遮盖一个假肢（那只戴皮手套的手，总是半张半合，固定的，带着它的固定的大拇指，僵硬的手指，考究、凄凉、甲壳动物的外貌——这不是一只手，虽然它尽量装得很像，而是一把钳子），衣服（在看到手以前）有专门的、也可以说死气沉沉的折叠方法——整座城市，以及它挤满乘客的有轨电车，它的酒吧，它的海港，它的工厂，它的黄颜色出租汽车，它的妓院，它的商店，它的有戴白手套、一声不出的跟班侍候的骑师俱乐部，它的一群群鸽子，它的歌剧院，它的酒店，它的熙熙攘攘的街道，从某种意义来说也是死气沉沉的："像一堆堆尸骨……"他这样想——他在他的座位上可能也像一堆尸骨：可能那时人家把他留在那里忘了，慢慢干硬，然后他的肌肉渐渐风化成尘土，而没有一个人发觉，显然是因为他本人很像样地穿着像样、还可以说舒适的衣服（他想："一件舒适的衣服遮盖一个假肢……”），他的面孔显然肯定也是像样的，既然没有一个人看见他而转过头去（或者回过头来），除了一个酒吧侍者和一名妓女刚才来追他，态度比职业纠察还要恶劣（显然这些酒吧侍者和妓女对于这类事肯定比谁，甚至比检查过他护照的警察还清楚），可以听到美国人在他旁边的笑声：同样的凳子，同样的杜鹃花丛，同样斑斓的鸽子群——然而九月的天空是灰色的，从海上飘来肮脏的棉絮云源源不断，络绎不绝地越过洛可可线条的屋顶，不是那些穿褶裥领、叽叽喳喳的年轻女仆，而是无处不在的矮小、棕发、瘦削、面孔像刀片似的男人，全身装备齐全（实际他们既没那么矮小，也没那么精瘦，也没那么黑：只是他们给人的印象如此，仿佛他们这些阴沉、野蛮、愤怒和轻信的人体现的暴力，也赋予他们每个人这种相同的外貌，小型的受苦的基督耶稣），在蒸锅似的酷热中，显然漫无目的地闲逛（三三两两在街头摄影师前摆姿势，在露天咖啡座上消磨时间，在街上东荡西逛，用本族语言讨论个没完，这种语言嘶哑，粗暴，喉音重，节奏快，本身就像是愤怒、顶撞、失落的语言，或者坐在挤满人的汽车里以一百公里时速横冲直撞），但是总带着这种重要、忙碌、粗野、不安的神情（他想：“他们仿佛在寻找什么东西。什么让他们害怕，躲藏在城里，他们又不知道实质甚至名字的东西（美国人说过，正在腐烂发臭的老将军尸体），除了知道在这里，知道即使他们把所有的将军和教堂执事都杀了以后还会继续在这里，知道这令人提心吊胆，知道他们永远不会找到……”），这是一个人带了武器才有这样的神情，这时候，他看到了这个情景：人行道上的人在奔跑，在躲开，而从一幢楼的六层楼上有什么栗色发暗的东西抛在空中，慢慢旋转着往下愈跌愈快，以致产生一种奇特的对比，一方面这个东西庄严肃穆地打圈子，一方面全幢楼的阳台连续快速地往上蹿，直到这个东西“啪”的落在人行道上，发出火柴盒跌在地上的轻微响声，还有别的东西（现在他能够辨清是什么了：祈祷跪凳、石膏像、圣体供盘、风琴、仿哥特式的劣质商品、私做的宗教杂用品——就像有人家里有客厅酒吧或私人电影院或图书馆）纷纷抛下来，陆陆续续在人行道上跌得粉碎，然后一个时候没有东西出现，然后（像焰火的最后一团火花）仿佛有人撕破了一只羽绒枕头：抛出满把满把的碎纸片在空中一下子爆炸了，在风和空气中停顿了片刻，在屋顶上旋转，表面上一动不动，悬在半空，可以说从内部给它吹气膨胀（这就是说有的碎片托着向上飞，有的碎片开始向下落），然后它们扩散四处，现在不再是一团云，而到处飘飘荡荡，既没有信心，也不团结在一起，飞上，摇晃，跌下（大学生和美国人现在抬着头，后颈靠在座位靠背上，瞧着碎纸片在他们上面，在灰色天空中发黑的一片片，摇晃旋转），最后其中一片从高处滑下很远，几乎在他们脚边停落，那时能够看到那张金黄色、温和、长胡子的面孔，四周有金光，一尘不染的麻布长袍，玫瑰红斗篷，手伸出笔直的食指指着胸上的心，心在一团熊熊燃烧的红黄火焰中出血（只留下了上半部分），中间穿过一道弯弯的裂缝，显示出发白发毛的锯齿形状（这是一张很厚的涂塑纸）——两辆大汽车和一辆卡车，卡车车身上涂了白色字“**铁铸的巨人**”，都沿人行道停在房子前，从大楼里现在先先后后走出一行穿绳底布鞋和衬衫的人，穿过人行道，对散在一地的纸片连看都没看一眼，神气，愤怒，自信，中世纪型（其中一人留短胡子，一顶圆帽，后面拉得很低。可以说是十五六世纪法国雇佣的德国兵。他手拿一支武器，这种型号大学生从来没有见过，枪管围着一个袖筒，上面都是洞），钻入汽车和卡车，发动马达，美国人的笑声又响了起来，大学生现在可以听到他发出自己的声音（带了这种惊愕和恐惧，每次都这样，仿佛另一个人，一个白痴，一个结巴，一只愚蠢的鹦鹉，每次当我们张开口时，都抢在我们前面，用我们的语言，动我们的嘴唇，让人听到的不是语言，而是一连串时高时低刺耳的声音，时高时低、不协调、辞不达意的话，这对我们要说的话来说，犹如一种是纯金属的光荣天使般的乐声，另一种则是年轻司号手的单调乏味的走声），他说：

“没别的了吗？没别的了吗？只是一些纸翅膀？就这些？”

美国人又笑了，说：

“这不够吗？”

大学生：

“没别的了？”

美国人：

“你觉得这还不多吗？”

大学生：

“没别的了？”

美国人：

“就是嘛！这都全了，不是吗？你还要什么？其他东西？什么是‘其他东西’？”不再笑了，现在几乎发怒了，有一时他盯着他的面孔看，他的灰眼睛（但可以说不是天然的灰，仿佛它们是变成的（可能原先是蓝的或绿的），受了什么东西的影响（他甚至连四十岁也没到，要超过也不会太多），就像大家说的，要不了多久，有时甚至几个小时，头发也要变成灰的，或者白的）定定地盯着他看，目光严厉、聪明、嘲讽，也可以说满是灰尘（“但是不如说像灰烬，”大学生想，“不是灰尘。因为他不是意大利人。自己是不会说的”），鸽子的小头，好像小阳伞的伞柄，急速地抬起放下，啄谷物，像有无形的线拉着它们，卖喂食的女贩坐在遮阳伞下，前面是她的摊子，棕色小袋子排列在折叠桌上，鸽子的翅膀收拢在背上，灰底黑点子或者是奶白底白点子，胸前是赤铜色、波纹杂色、淡紫色或绿色的羽毛，在阳光下闪光，那些无愁无虑，丁零当啷。不知疲倦的小有轨电车，颜色鲜艳，唯利是图（“磷化铁——强身和营养”，“硼酸水”，“世界最佳圣马纽艾尔啤酒”），继续在汽车和黄色出租车之间交叉而过，前后追逐，毫不厌烦地在同一条线上顺着一个方向转了一圈又一圈：“萨贡特路—塞拉诺塔—塞拉诺路—骑士营—圣母广场—王后广场—圣维森特路—北车站—贾蒂瓦路—基约姆 德 卡斯特罗路—耶稣路—阿巴斯多斯市场。”然后再驶向另一个方向：“阿巴斯多斯市场—耶稣路—基

约姆 德 卡斯特罗路—贾蒂瓦路—北车站—圣维森特路—王后广场—圣母广场—骑士营—塞拉诺路—塞拉诺塔—萨贡特路。”那个瘦老头儿穿了棕色格子软底鞋，一手携了孩子，在喂食摊前站住了，放开孩子的手，把手杖钩在前臂，搜自己身上，从口袋里取出钱包，孩子抬起头，正好跟桌面一般高，老人付钱，抓住一袋谷物，又携孩子的手，走几步离开女贩（步子很小，穿软鞋的脚拖着地面没有举起），然后停下，又放开孩子的手，打开谷物袋，向孩子俯下身，孩子把手伸进袋里，握紧拳头往回收，手臂笨拙地一摆，鸽子落到他周围，挤来挤去，摇摇摆摆，孩子又把手伸进袋里，手臂猛地一挥，鸽子受惊飞了起来，老人这时直起身，把干瘪的手伸进袋里，抛出谷物，鸽子胆子大了，太阳开始走它最后三分之一的路程，现在准备往下落，还是这么炎热，可是天空已没有那么白，开始出现色彩，美国人的嘲讽（甚至刺耳、甚至气愤）的声音说：“这都全了，不是吗？这对你还不够吗？”

但是这怎么回事呢，这怎么干的呢？显然有些东西他以前不知道如何去看，他看到了没有懂，那时在这个称为鲤鱼[①]或历史的形而上学的成切线的、可食用的、乐观的漂移中，他可以自我介绍，住下来，捞到一个位子，如果一个人懂得利用的话，就有可能依靠它进行自我漂移，即使方法不一定愉快或一致，至少满足，就像那个称为修辞的理智的这种排泄物漂移所

① 法国成语：像鲤鱼一样不会出声。在此比喻历史，意即人家爱怎么说都可以。

表示的，这一切归根结蒂不是那么困难，既然那么多人都达到了，神气，拘泥，一本正经，像舒舒服服坐在头等车厢的旅客，隔着窗子带着又慈善又不屑的表情望着流浪的移民家庭，高音喇叭里发出雷鸣似的、滑稽的、独眼巨人般的吆喝，把他们从一个站台赶到另一个站台，他们（头等车厢里有钱旅客）的面孔含有一种瞧不起人的自信，他不但有钱买车票，还知道自己往哪儿去，什么时间到达。这里面肯定有一种诀窍。条件是知道时间选择得当，事情干得利索，当然按照到处路牌指明的那样，顺着前进的方向上车（要不就是下车）——但是这怎么回事，这怎么回事？……

从海边吹来的风，潮湿，软弱无力，吹着高高的棕榈树枝软弱无力地摇摆，一切都软弱无力，带湿，发灰，麻木，灵车的轮子在潮湿、窒息的静默中嘎吱嘎吱响，仿佛从伏在窗台上，堆在人行道上和有轨电车车顶上，或爬在路灯杆上的几千名观看的人群中，散发出什么稠厚、不可呼吸、比喊叫声更易察觉、更为可怕的东西，那些保安纠察人员（那些瘦狗）守着大酒店大门（平时他们在鞘翅形、昆虫翅膀形的天棚下打瞌睡，那两个级别最高的（也就是说——由于他们拒绝接受级别——那两个官职相当于中士和下士的）坐在两张柳条椅上，台阶上一边一张，站岗的人带着他的钢盾，他的上好的子弹带，他瘦狗般的愤怒的外表，杀心重而又愚蠢，斜坐在一只单腿小圆凳上，这些小圆凳都是淡红色大理石凳面，上有白纹，四周包铜，浅绿色的铸铁腿（凸出的花饰都已磨尽油漆，露出铁锈红的花朵和半圆环饰），曲曲折折挡在机枪旁边，射手和仆人身子半伸半缩，屁股放在第一级台阶，肘臂放在高两级的台阶，其余人抽烟的也坐在台阶上或者睡在大厅的靠椅上），现在好歹也排成了一行，那些有步枪的用两只手捧在前面（一只手差不多在枪筒中央，另一只手握住稍高于枪托的细小部位），有点像捧蜡烛（这应该算是一种敬礼吧），其他人（中士、下士、枪手和弹药手），他们只有一支手枪或者什么都没有的，握紧拳头行礼，也就是说前臂垂直与上臂成直角，从肩头开始是横的，握紧的拳头差不多在头顶的高度，那位主席（他瘦高个儿，穿着讲究，虽然当职业政治家已有多时，可那样子还是像个律师或医生），轮到他走过去时，他朝他们（然后又朝拥到上面几层楼窗前的人）转过他那毫无表情的面孔，他那毫无表情的目光，除了疲劳、厌倦以外没有别的（甚至连害怕——要不就是怕过头了——怀疑，甚至隐忍也没有：有的只是厌倦），犹豫了一秒钟，瞧着自己手里的帽子，然后终于把它举了起来，举到头前一会儿，最后转过眼睛，放下手臂，政府（或者自称政府）成员毫无秩序地走在他周围（或后面），有的人也穿了绳底布鞋，其他人穿了真正的制服，扁鸭舌帽，手套，黑色皮制装备，还有人更是简单，穿套装，但是不戴帽子，不系领带（其中一名在抽烟），他们一边往前走，一边也看着这批杂牌军警卫和伏在阳台上看热闹的人，但是所有这些人（虽然有的早一会儿已经走出了大酒店，他们在这里也有一间办公室——要不他们真正的办公室就在大酒店，要不他们在一个称作部或委员会或诸如此类的组织内也有一间办公室）都带着同样空洞的或者不如说空了的目光，不敌视，不害怕，不友好，甚至不操心：只是紧张，疲乏或者不如说筋疲力尽，美国人始终望着他脚下举着摇晃的旗帜、攒三聚五的群众向前进（现在棺材已经走过酒店，完全到了右面，车轮的嘎吱声低了下来，逐渐让位给脚踩地面的静默与混乱的噪声，随着队伍前进，噪声像一种阴沉的潮声，把车轮嘎吱声盖过了，淹没了），只是他（没有停止望着人群）从口袋里直接取出一支黑色小雪茄，往嘴唇中间一塞——大学生心里纳闷，他有什么办法每天一大早样子总是像前一天没刮胡子似的（但是决不会多过两天——还有他一直又像两天没有睡觉，没有换衬衫，但是决不会多过两天——这样的话，他必须在某一个时候使用一把剃须刀，睡觉，换衬衫，但是什么时候呢？），现在这根棕色小棍子横地直插在他抿紧的两片嘴唇之间（嘴唇像给他吞到嘴里，这样嘴角就往回缩，形成一种固定的没有欢乐的笑容），这样那支小雪茄像插在皮肤的裂缝里，裂缝上面盖着这片发灰的胡子，或者不如说霉斑（是的：发霉了。仿佛他笨手笨脚的全身，他无肉的腮帮，他无肉、瘦骨嶙峋的身体，长得又太高，在衣服里面有点佝偻，从肩膀上软软挂下来的上衣，挂在瘦屁股上也不知怎么不掉下来的长裤，他的那么瘪的肚皮，使得那支插在腰带里，直接贴着衬衫的黑色大手枪也仅有一点点突出——由于他高大、碍手碍脚、漫画似的身材，又由于他带着枪那种漫不经心（甚至厌倦）随随便便的态度，使得那支手枪看起来像是对某种事物做出的过分让步，比如不要不舒服地系上领带，却要更不舒服地带上手枪，他显然是那样的人，会在脖子上一辈子系根领带，然而不会计较它是什么颜色，也不计较系的方式——甚至还可能属于那一类的人，领带一次系上后就永远不改了，只是到了晚上把它的结头放松。成个圈儿让头钻得过去就行，第二天照这个样子套进去，把结拉紧就算完事），仿佛这一切，还有他的铁灰色眼睛，他的丝一般头发，以前显然是金黄色的，或者至少是浅褐色的，现在说不出是什么颜色（还没有灰，然而已经不再是金黄或浅褐了），腮帮上那片灰乎乎的毛，他用一种无色寄生植物性油脂把它盖上遮住（有一次他说，“这样做也不是绝对有把握，但还是继续做，就像果酱罐上面开始长出一层雾一样的东西。如果把上面刮掉，下面还是好的。我是说还是可以吃的。只是上面有了这一层混账东西。不久整罐果酱都发臭……”），他的霉铁颜色的眼珠总是盯着（现在这像一条发暗的河流，缓慢地涌动，有几个人经过酒店门口偶尔转过头来（他刚才说，“有七个皇叔，但是其中哪一个是好的呢”？），抬起头，望着挤在窗前的人（以致那群人，这堆粘在一起的灰黑岩浆，三三两两点缀着肉色的卵形物，像水泡，像水面上平放着的面具，有一个时候慢慢漂移，似被无形的水流带走，然后往前面挤，不见了），然后望着门前的卫队，盾牌后面的机枪，咖啡馆圆凳和柳条椅组成的路障，最后转过弯，他们的面孔整个这段时间绝对没有表情），他的眼珠始终盯着下面发生的事——手又伸出口袋，手指头上抓了已经燃着的火柴，把火凑近小雪茄的烟头，点燃了（始终处在小学校长的警惕谨慎的目光下），从鼻孔里喷烟，把火柴扔出阳台，举起手摸脸，把小雪茄取出嘴（嘴唇又恢复正常形状：下嘴唇厚厚的，嘴角现在往下稍稍有点挂），终于说（大学生这时发觉，自从小学校长说话以来，在美国人讲完七个皇叔、七把匕首、七只联盟的手、七只左手放在背后七把匕首柄上的故事以后，只过了一会儿，可能才几秒钟）：

"我们这些人？"

小学校长始终看着他，而他装得没有发觉似的，重新把小雪茄放到嘴唇上，吸一口，瘪瘪的腮帮更加下瘪了，又吐一口烟，小学校长继续观察他，这时美国人谈话了，但是没有停止凝视他身下的游行人群："当然。我们这些人。我早忘了。不然会是谁呢？"

声调较为提高（声音不嘲讽，也不挖苦，也不愤怒：只是有点儿响，有点儿不合适，有点儿不必要）："是那个好老叔！也就是我们的好老婶！我们那个亲爱的把一切都预见到的长胡子的好老太婆！"全世界发灰，死气沉沉，沉重，潮湿……

IV
黑 夜 里

全世界没有色彩，沉重，潮湿，还是九月这种令人窒息的天气。早晨穿衣服时，前一天的汗仿佛留在了床单的折缝里，随同衬衫裹在身上的何尝不是他自己的汗，这样只是把汗换了一下，从前一夜的汗换成当天的汗，唯一的区别是白天的汗是白的，或者不如说是灰的，更加紧贴你的皮肤。除了这个以外其他毫无变化，然而这确是第二天了，因为他（大学生）还没有出门，也还没有刮胡子，只是当他发现他前一天整天折放在口袋里带了到处跑的报纸时，这件事倒是得到了确认（他甚至还没有念过，只是把大标题和副标题机械地浏览了一下，买也是纯机械性的动作，既然他在报亭书架上已经读到的不单是这条大标题，还有其他报纸大标题的各种各样不同说法，在余下的白天时间，他在哪儿都有充裕的时间再重读这些说法），显然在上床以前，跟他其他口袋中的东西同时掏出来扔在桌子上，这张纸受潮弄脏发软了，已经毛茸茸的，纸张的四边有小缺口，四角卷起像凋谢萎缩的花瓣，大字体的通栏标题（也就是说他看到的也只是前半句话："谁杀害了……"）也可以说凋零了，或者不如说过时了，凋谢了，没有光彩，没有音色，不但因为读了又读，使它现在看起来好像从字母表中偶然取出的一批字母，不包含什么意思，而且当意思重新出现时……（但是对面的窗帘总是拉着，现在它也是朴素的灰绿色，而在夜里他觉得是橄榄绿的，显然是光线的效果，高举的手臂、乳房、臀部、大腿的弯弯扭扭线条，画成弯弯扭扭、流动的皮影戏，在突然拉上的窗帘上波动，扩散，鞭打着空气，以致一时由窗帘形成的肚皮上，腰身显得还在瘪下去，臀部显得消失了，乳房的奶头显然已经紧贴窗帘布，因为在那一点上影子更深，还在过分地扩散，然后（圆环还在转动，转到了窗帘杆的一头），窗帘的所有褶裥好像向左边汇合，集中，撞击，这时影子出现了皱线，或者不如说褶裥，窗帘的下摆于是摇摆，回流到了右边，还掀开到了一半的高度，以致他逐渐地发现了从下而上的小腿，两只膝盖，阴阜，乱草丛生的黑三角毛堆也倏忽一现，然后窗帘又第三次回到左边，声音没那么嘈杂，影子还在轻微地波动，凹凸部分时隐时现，然后不动了，轮廓几乎跟人体的轮廓一模一样，好像从人体上拓印的，然后一切隐没了——现在酒店不再听到奇异的声音，除了水管和抽水马桶的呼噜哗啦声：他离开窗子，向洗脸盆俯下身去，在后颈上冲凉水；隔了一会儿，他觉得好些了，关上龙头，擦着头向桌子走去：一边继续用一只手擦干头发，一边用另一只手拿起报纸的一只角，举起来，在空中停一停，让报纸打开，或者不如说掀开一半，像本书一样，不完全打开，然后把它放在桌上，报纸一时成了倒置的 V 字形状，像个屋顶，直至手把它压平，大标题现在一目了然——只是那时候才不再是一连串意义不明的印刷字母，而是一些字，就是这些组成句子的字本身和句子本身，或是从演绎来说，或是从表达来说，都相当于表示了一个大大小小事件的约定符号——现在报纸上（左上角）有深灰色的污渍，那是湿指头拿过然后又拍平的部位：五六个圆渍，不深，不规则的散点，很快消失了，报纸角沾水更多，保持暗色）……当大写字母的意思重新出现时，新闻本身已没有任何价值，过时了，无用了，就像食品店用来包一把葱的旧报纸上报道的新闻，在劣质碎纸片上只剩下已经褪色的劣质印刷油墨，那些死亡事件留下的遗骸，零碎无味的残渣，零碎无味的悼词，而在嘴里有一种苦味，就像烂醉如泥后第二天，以致他最后把报纸折好，做得小心翼翼，因为这次要把标题折在里面，然后寻找字纸篓，好往里面一扔。但是没有字纸篓。他就把它扔在桌子上，当他开始向脸上擦肥皂时，斜着眼睛对镜子里身背后的报纸监视了一会儿，或者因为它反折的时间太久了，或者因为它太厚了，不放在口袋里或不用什么东西扣住就不会这样服帖，报纸的上页开始打呵欠，要站起来，在中缝两边有一种不易察觉然而连续的旋转运动，使它慢慢又打开了，他于是又朝桌子走去，在上面压了一只烟灰缸，对它观察了一会儿。它不动了。但是在嘴里还是这股恶心的苦味（要不就是他用来炸煎一切的混账哈喇油引起的，仿佛要烧菜就只有这一种烧法，鱼、蔬菜或肉都毫无区别地往那同一锅黏糊糊、黑乌乌、热腾腾的液体里倒下去，美国人说如果哪一辆卡车居然同意把这种油吞下肚里，它也会把卡车的齿轮机构腐蚀精光），这使他一到楼下，首先要了一杯矿泉水，希望把自己脑袋的齿轮机构清洗干净，转动起来，他坐在酒店的露天咖啡座里，跟前一天他们四个人坐的同一张桌子上，唯一的区别是现在是白天，虽然太阳还没出，遮篷已经放下，他可以通过透光看到反面的字：

美国酒吧

平行地，但是在小广场另一边，稍低的地方，看到正面的字：

钟表——首饰——眼镜

卷帘铁门（瓦楞钢板上有一幅障眼画，画的是一只巨大的金表，表的一边是一只指环，约有原物四十倍那么大，上面有一颗钻石，光芒四射，另一边是一副双筒望远镜，也是金的，也闪闪发光）还是拉到地上。过会儿肯定会开的。这里一切都开始很晚，即使有了革命也是这样（以致美国人跟他说“明天早晨”时，这可以指九点钟，也可以指十二点钟，但是既然他跟他说过等着他，他也可以来这里找他，也可以到他的房间里找他），他想更可能它遭到过抢劫，这扇卷帘铁门显然已有很久没有卷起来了，药房既然开门营业了，除非假设药剂师接到动员令或这类的命令，有特殊的工作时间，因为他能够看到他穿了白大褂在橱窗后面的房间里走来走去，橱窗上面是广告，沿着店面一排黑底绿字：

化　验

尿——痰——血

美国人说过，这些字放在一起，对马屁精来说，甚至对全国来说，可能是一句美妙的格言，反复说："哈哈哈！尿、痰、血！哈哈哈！'他们在我的脸上撒尿，他们对我的全身骨头吐唾沫'，是不是这样呢？"

穿警察服或者军官服的那个家伙，瞧着他，娃娃脸，有点充血，颜色不可察觉地加深，疑惑不决，然后望着坐在他旁边的意大利人，一动不动，一声不出，沉默寡言，两只脚交叉在靠椅下，他的那杆不可分离的步枪枪托碰着地，枪管在分开的膝盖之间，然后望着大学生（但是时间不长：他的眼睛停留一秒钟，寻找他的眼睛，立刻又避开了），然后（还要快）望着灯光广告，绿色霓虹灯继续有规则地亮了又熄了：

尿——痰——血

那张肥胖松软的面孔好像在风吹之下还在发红，终于又盯着美国人看，张开嘴，开始说个句子，但是不得不停下来清一清喉咙，终于说话了，声音好像他们大家都是一样的，好像跟语言也是合二为一的，嘶哑，迅速，喉音重，愤愤不平，说：

"你的意思是这在以前可以成为一句巧妙的格言？"他说时

没有提高声音，酒吧外面传进来的光照亮正面，他们四人都是一团黑影，美国人的面孔看不见，很暗：偶尔，当他移动头部时（他稍稍朝酒吧内部转过身去，举起空杯子向侍者一扬，他的上嘴唇还沾了一点发亮的泡沫，他的舌头把它迅速舔去，然后又舔了一下下嘴唇，咬住），亮光把他的鼻梁、眉弓和嘴巴的一边照成黄的，但是眼睛依然看不见，穿制服的家伙重复说："你的意思是说：以前?"美国人转过头，整个面孔又重新暗了，除了他插在嘴唇中间小雪茄的小红点：当他吐烟的时候，烟没有马上进入亮光区，但是有点留在面孔前面，以致不像是他嘴唇吐出的烟，而是他前面的什么东西，他的声音也像在他的嘴巴前面，处于他的身外，悬藏在迷漫烟雾中似的：

"以前?"

"是的，从前。"美国人还在转身，跟站在他旁边的侍者迅速说，"给我再来一杯。"然后又平静地审视这张松软的脸，白得厉害的秃脑袋，最终是侍者刚放下玻璃杯的那只手，随便挥了一下手，这以后手又下伸到口袋里，从里面取出一块手帕，又一次擦他的上嘴唇，然后擦额上的汗：即使夜里，城市继续在出汗，在渗水，区别是那时候大家几乎可以在夜深人静中（或者夜深人静下）听到出汗、渗水（细微、不可察觉、不断地流淌，有什么东西在自我分泌，在黑暗中点点滴滴，阴险地，把它滴空，不可能阻止，继续从所有的毛孔中往外冒）。宁静，它不单单是空，是消失，是声音的停止，而是可以说是积极的，厚实的：就像白天所有这种骚动（噪声、武器的爆裂声、闲聊声、发动机的噼里啪啦声），其实没有什么其他理由，除了使自己晕头转向，自欺欺人，用喧闹和行动来掩盖这种轻微阴险的漏水声，这类看不见的永久的大出血。这在晚上突然停止了，就像震耳欲聋的麻雀大合唱突然在梧桐树的浓荫中停止了，浓荫下漫无目的地走过叽叽喳喳的人群，穿梭于书报亭、花店、形形色色的劣质货摊之间：证章，围巾，教育书刊，枪套，花式肩带，旗帜，装饰物，石膏像；神色庄严、近视眼、沉思的大胡子先生的黑白或彩色肖像画，小贩每天黄昏时整理成一堆堆，每晚都提前一点儿（白天现在过得很快——黄昏发红、潮湿，最初点亮的路灯射出的光不确定，雾蒙蒙，城市一点点像青铜一般凝厚（大学生想到普桑的某些画，某些水墨画，画上雕像翻倒地上，在令人窒息的铸铁色天空下断臂缺腿的，人物在奔跑，遮着面孔，向四面八方逃去，周围是庄严的宫殿，庄严的一排排三角楣和柱廊，庄严的石板铺地、空无一人的大道，贴着大道地面悄无声息地跑着迅速、贪婪、数不清的耗子），辽阔，荒芜，奇异地发亮，遗弃给空虚与令人晕眩的黑暗），黑夜每晚都提前一点降临，仿佛阴影的笼罩、死亡与眼泪季节的包围逐日逼近，缩小：可以说是一种天罗地网（像鸟在夜里罩上了笼子不啼叫），不和谐的喧闹声让位给了一种发呆、小心的惊愕（但是他们侦听的不是炮声——还不是，那太远了，虽然几乎觉得可以听到，其实这是一种幻觉，因为炮声晚上也停止了，不出声，那边也降落一片宁静，在山石嶙峋的高原，光秃秃的丘陵和已成废墟的村庄，在那里，白天结束，工作完毕，年迈蹒跚的将军的幕僚也入睡了——他们显然也听到黑夜中往外渗的这个令人害怕的什么东西，这个令人害怕、静悄悄的耗子小跑步），那个令人烦扰的广告：

尿——痰——血

继续亮了又熄，熄了又亮，不知疲劳的力学，他们四个人始终坐在那里，正在闲聊和喝酒，完全像在炎热的晚上到露天座来消费的四名安静的客人，除了全市这时分布各处的露天座上也有其他像他们这样的家伙，也就是说，都带了武器，子弹都上膛，而那个秃头（他那胖得过分的脸也在流汗，亮晶晶的，但是他好像不在乎，没想到去擦一擦）上身稍往前倾，压在撑着靠椅扶手的前臂上，僵硬得很，紧张得很，始终盯着美国人看，说：

“在美国可能没有药房吧？”

美国人看着侍者把新的一杯啤酒放在他面前，但是没有去碰它，面孔又给酒吧的灯光照得半边亮的，以致可以看到他的嘴角微微向外拉，好像在微笑，声音也是俏皮的：

“有。当然有。药房很多。也有尿尿和吐痰的人。多得很。这到处一样，你明白。你应该出去走走。”

秃头的面孔没有一处牵动，眼皮半闭，眼睛呆住，盯着侍者刚放下的满满一杯啤酒，然后动了嘴巴，没有抬一抬眼皮，除了嘴唇以外其他都不动，目光始终是中性的，凝住的，仿佛他在跟啤酒说话：

“酒鬼，多得很吧？”

然后美国人笑了，这时他的手往前伸，抓住玻璃杯，举起：

“酒鬼也有。一切都有。唯一没有的，是在宗教游行队伍后面一边怪声唱圣歌，一边用藤条抽得自己血像尿流的老好人。”

他对面的这张大胖脸上可以说更加盖满了汗水，声音更嘶哑，高傲，愤怒，粗暴地说：

“这是从前的事。”

“当然。现在好了。现代化了。”

“你说什么？”

“放血。有了进步。”

意大利人那时在椅子上扭动，两只手指在搜索，从他工作服前胸的一只口袋里抠出一支完全弯了的香烟，突然向美国人弯下身去，说：“你有火吗？”美国人把他的小雪茄递给他，意大利人小心地把枪管往一边滑，身子还是向前弯，亮光在他的腮帮上打了两条黑影，当他吸一口要把香烟点燃时，秃头的声音说：“什么进步？”意大利人从嘴唇里取出香烟，朝他转过头，说：“你这人听着，到此为止行了吧？”秃头始终纹丝不动，像一块石头那么沉重，那么纹丝不动（他只是稍微动了动头，又重新看着美国人），又说：“什么进步？”“妈的。”意大利人说。“我们去睡吧！”穿制服的家伙说，“他说有进步。什么进步？”这时美国人仰身倒在他的靠椅上，伸长了腿，双脚交叉，挥手驱散他面孔前的烟："我不知道。我在想他们用什么叫这个家伙出血的。"

"哪个家伙？"美国人的面孔现在整个儿遮在阴影里，完全看不见了，他的声音又在他的嘴巴前面响了起来："我以为你是知道的。我以为你跟我们一起在阳台上。我以为你看见送葬队伍走过。这很令人感动。到处是他的名字。这不是像叫桑迪亚戈什么的吗？"意大利人还在扭动，把他的枪支换到另一边放（或者不如说他跟枪支换了一个位子，仿佛他最终不只是一件武器，甚至还是武器的伴侣，古代对这些人是怎么称呼的（不是佩剑骑士吗）？唯一职责是当个下人或在某种意义上当个暴力与死亡的长工），他朝美国人弯下身，把香烟凑在嘴边，说："熄了……"美国人这次伸直手臂把小雪茄给他递去，没有看他，两个平静的声音（美国人的声音和秃头的声音）在小广场的黑夜的宁静中交替，一问一答，不提高嗓门，只是比盘子碰撞声稍微响一点儿，那是侍者在没有顾客的酒吧吧台后面洗盘子时传过来的。大学生（这就是说以前是大学生的那个人）可以听到他们，这就是说像人家证实的，一个人若积累了相当经验，可以听到他自己以一个笨手笨脚的美国人形式出现的这一部分（身材过于高大，头发灰或者不如说发灰，眼珠也很灰，他对他一无所知，除了他那张面孔从年纪来说皱纹太多，声音太苍老，太疲劳），正在跟他自己以一个秃头形式出现的另一部分在对话，秃头穿了一套像制服似的东西，他也疲劳，这两个人都存在于他自己以老区一座小广场形式出现的这部分里，小广场的一边堵着一座教堂阴暗的正立面（想来是火烧过的，虽然天色太暗分辨不清烟的痕迹，但是已用木板栅栏封住了列柱廊和假科林斯圆柱之间的门拱，木板栅栏上面贴了层层叠叠、盖了又撕掉的宣传招贴画，他从坐的位置来看，看得出其中一张，在秃头的头顶上偏左的地方，画了一架深色机翼的飞机，一个孩子对它抬起头，脸上满是恐惧和眼泪），在另一边是那家征用的酒店的酒吧，还亮着灯光，他们（美国人，意大利人和大学生——或者不如说他自己的这三部分，这三个局部，它们是一个美国人、一名枪手和一个浮躁的小青年）在这里过夜，对面是一家拉上卷帘铁门的珠宝店和一家代做化验的药房（但是现在——肯定是时间很晚了——霓虹灯广告已经停止亮了，又熄了）：

“但是事情可能是他根本没有出血。可能是根本没有污迹。可能这是一只红萝卜。”

“一只红萝卜？”

“从来没听说过红萝卜？外面红里面白。你不知道？”

“知道。”

“好极了。你不知道才奇怪呢。”

“为什么？”

“因为谁都知道。到处都是。可能你也是一个。”

“可能。可能你也是。”

“可能我也是。怎么看出来呢？但是可能你是。”

“是的。怎么看出来呢？”

“可能戳个洞往里看？你认为怎么样？”

“可能是吧。”

“大家需要武器就是用来做这个的。大家需要这么多武器就是用来做这个的。”

“你的意思是指什么？”

“一切武器上前线。一切武器都用在前线。不是所有的报纸都这样登的吗？”

“你的意思是指什么？”

“但是所有的报纸也说后方都是红萝卜。”

“你为什么要跟我说这些？”

“喔，妈的。得了。大家睡觉去吧！”意大利人现在站了起来。美国人和秃头两个人都抬起头，看着他，意大利人重复说：“大家睡觉去吧。上楼。”

再晚就没法睡着了，虽然他努力保持一动不动，希望做到不出汗，但汗还是在出，虽然他身上并没有盖被子（身下的床单不久像他穿了整天的衬衫那么湿了，也同样皱巴巴的，他好似躺在一绞绳子上——虽然他深信自己没有动过一动），但是他相信（他觉得他能够）听到在黑暗中、在宁静中慢慢渗出和流淌的不是他的汗，他窥测他四周什么地方在神秘地渗水。城市笼罩在黑暗中，从那里好像传出（好像透过盖布笼罩下粗暴凝重的宁静传出）一种不可察觉的、巨大的喘气（不可察觉的、不可见的、神秘的翅翼颤动，不可听见的呻吟扰乱鸟的睡眠，黑夜的恐怖穿越鸟的梦），他没有可阅读的东西（除了折成四片放在口袋里的那张报纸——但是上面刊登什么，他甚至不用阅读也都熟记在心），当他明白他现在在令人窒息的黑暗中，在谜一般的充满威胁的宁静中躺了不知多久，应该放弃睡的希望（仿佛接替白天的不仅仅是黑夜，是黑暗，还是一种潮水，一种温暖乌黑的岩浆，好似慢慢地漫流到大街小巷，像水闸河段中的水渐渐从地表升起，随着白日退隐涌上房屋的正面，终于把它们吞没，堵塞，连空气也不让流过，既然现在他已经听不到在哪个什么地方，在邻近的屋顶上那个风标的零星的格格声，仿佛海面上逢时必吹的软软清风也停止了，不由得灰心丧气，放弃了渗透，以致最后他起来了（他的身体起来了），希望（至少这是身体给他提供的官方辩解，也得到他的同意，虽然他心底不甚相信）到了窗边会找到办法，使自己的双肺装满的不是浸透水的棉花，但是在院子的另一边，美国人的窗子亮着灯光，于是他的第一个动作是套上长裤，然后在要穿衬衫的当口，他一动不动了，想（就是说他的这部分，处心积虑在吓唬另一部分，说：）“这个婊子的地方，就是赤脚踩着的地砖也混账得很，不比一张床或者不如说一堆湿漉漉的衬衣更凉爽。就是躺在地上也不行！”而他的另一部分在琢磨这个问题，他若走到走廊上，去敲美国人的房门是谨慎的，还是危险的，还是不合时宜的，或者相反是有主见的，或者可笑的，然后他那个试图吓唬另一部分的部分把他说服了（不是提出通情达理的论据——举个例子，比如说让他看到，如果美国人有什么话要跟他说，他自己那么大了也可以走上十五米的走廊过来，换了他早就这样做了——而是仅仅通过吓唬），深信他从来没有讨论过这个办法，只是讨论过跟地砖接触后得到一些凉意，以及在窗子前面吸到一些新鲜空气的可能性。只是这两样东西都没有。但是接触空气还是比接触被子床单更能承受，像语法课本上比较句的例句所说的——至少这是他的吓唬部分乐于向另一部分提供的第二个论据，为了说明他不再去躺下的这个事实，他惶惑，沉思，在那张唯一的椅子上坐下（那里也有一张靠椅，上面罩了一块褪色沾满灰的天鹅绒，他有意不去坐，不是厌恶，而是害怕又开始出汗），他自得其乐的那一部分解释说，这样可以最大限度缩小皮肤跟外界什么东西的接触面积，从而缩小了出汗点，这种解释（或者借口，或者辩解）他不加深究就接受了，虽则他完全知道这不是强迫他坐在黑暗中一张椅子上的理由，而是某个不但妨碍他睡觉也妨碍他伸直身子的东西，某个他既说不出名字也没有看到的东西，但是他可以感到它的存在，就像可以感到黑暗中水的存在那样确实无疑，水的冰冷而致命的气息，即使当它在黑暗中完全平静，不流不涌，乌黑的还是阴险而扁平地在地上爬，实在叫人不能忍受（他明白使他难以入睡的，不是热，恰恰相反是冷，这个不可调和、一动不动的东西），以致他最后点起了灯：房间只是一个房间，一个立方体：地面，天花板，四面漆成水绿色的墙，一张磁漆铁床。他过去拉窗帘（现在美国人的窗子不再亮着），从上衣口袋取出小雪茄烟盒，点了一支烟，又坐下，听到钟声（显然钟楼——或者时钟——就在附近，他可以听到定时器跳动，然后齿轮开始转动，吱吱咯咯）响起（两个连接的高音，响四次），这是报时，然后一个停顿，然后铜片庄严地敲击两下，低沉的低音，颤音在不动的空气中悬挂了一会儿，然后宁静和黑夜又回流了。但是这支小雪茄的烟火所做的事，就是把他的嘴巴烫着了：他把差不多还是整支的雪茄在烟灰缸里掐灭，然后又重新只穿着长裤呆坐在椅子上，差不多在漆绿的立方体中心，力求自己对什么都不想或者都不想象。他只知道他不可能下决心熄灯，重新上床，只是问自己，在他能够下决心做的事中（表面看来除了继续坐在这张椅子上也没有多少其他事了），是不是也有从他的上衣口袋里取出和试图阅读那张报纸这件事，这时（就像那些病人，别说想到盆菜，就是想到吃，咀嚼，咽下，都不可忍受）他心里就产生一种恶心，五脏翻腾，而他好像看到这些大字标题夹杂一起：

谁杀害谁暗杀谁干下这桩罪行

急忙把一种愤怒的恶心往里咽，以致他不是朝着（他已经站了起来）他挂上衣的那把椅子，而是朝着盥洗室走去，在旋开水龙头以后，小心起见还是让水放了一会儿，虽有这份小心，他还是立刻又吐了出来，他一边把他刚才吞下而又在试图回吐的满口温水努力往外排，一边骂自己开错了龙头，他关上龙头，迅速旋开另一个龙头，什么也没有放出来，他弯下身查看，没什么可以奇怪的，既然龙头底下没有管子，因而他连龙头也不必费心关上了，心想这毕竟还是正常的，这个地方从冷水龙头可以放出热水来，也就没有必要花钱去装第二根管道，他现在尽快离开盥洗室和下水道的臭味，取回烟灰缸里那支已扭弯成手风琴似的小雪茄，对它审察，笨手笨脚地试图把它弄直，把散开的薄烟叶又粘在一起，然后把一根火柴凑近掐灭的一头，兴致勃勃地吸上三四口，有一点儿烟和许多空气咝咝通过，然后当他抽回火柴，就全是空气了，这时他把小雪茄取出嘴巴，举到眼前，仔细凝视了一会，然后把它真的掐灭在烟灰缸里了，做完后他的手毫不停顿地朝着留在桌子上的雪茄盒伸过去，抓住，而他的另一只手把翻盖往后一推，举起盒子，但是盒子是空的。有一瞬间他希望还会滑出最后一支雪茄，斜在盒子里：他把两个手指伸进盒子里面，张开，弯下身，往里面看，然后抽出手指，还是凝视那只空盒子（就像一会儿以前他凝视那支掐灭的小雪茄），盒子色彩鲜艳，黄、绿、蓝、红，像将军的军服，上面那个保证：

烟草之花

像乐曲主题反复出现，第一次在盒面黄水仙图案上的一个椭圆形黑色图章内，四周是一圈奖章，显然都是在历次国际展览会上获得的，组成一团黄金云似的，云中放射出有箭头的曲折闪电，然后是一行小白字，在红边蓝条上面，横过盒子的全部脊条，然后（这次是金字）在一条玫瑰红缎带上，缎带两端像偶蹄似的，在苹果绿烟标两边打成蝴蝶结后，又挂下围绕着这个字：

哈 瓦 那

用镶边黑字写成——接下来是较小的红字：

卷烟雪茄制造厂

再下面（现在他开始完整地、用心地、系统地阅读——总的来说这比报纸有价值），在一个玫瑰色涡形框饰内是西班牙文：

沃尔塔·阿瓦乔高等雪茄

工业路 520 号

然后更下面（他不得不转过盒子，苹果绿烟标搭在盒子的两条长边上），又是绿底上黑字，这次是英文：

沃尔塔·阿瓦乔高等雪茄，哈瓦那制造

工业路 520 号

这个说明由一个书法体签字加以证实，从交织花体签名中可以看出名字是：Cifuentes（或 Cifrientes）J. T°。那个复杂的草签字在下面拉开，被一张深绿色标签盖住了一半，标签差不多围绕盒子一圈，上面印有大字：

古巴共和国

画着一条波纹线，下面是说明：

商品产地国家保证章

突出在一束辐射线上，辐射线左右两边是圆形框饰，垂直的，旁边是胖脸带翼的小天使，小天使下身是植物叶子，左面的框饰里是一面盾牌，四周是一条橡树枝和一条橄榄树枝，两条树枝交织在罗马执法官的束棒下，束棒消失在盾牌后面，又从盾牌上面出现，戴了一顶弗里吉亚帽，盾牌被两条组成T字形的直线分成三部分，上面横向部分（上横线的上面），有太阳升起在两座岛屿（还是两块岩石？）中间的海面上，两座岛屿之间画了一把钥匙，飘浮（或者悬挂）在波涛上，在左下部分（也就是说T字直线的左面）有三条斜的绿色阔条纹，在右下部分是一幅山区风景画，前景是一座深色山脊，峰上一棵枝叶茂盛的大棕榈树，树干正好通过两座山峰中央，山峰又是由封住地平线的第二座山脊组成的，在另一个椭圆形框饰里可以看到一片烟叶地，一些穿衬衫、戴大帽子的男人半个身子遮在巨大的叶子里，他们显然在采烟叶，烟叶地的深处有一座丘陵，丘陵上生长好几棵棕榈树，样子跟纹章上的棕榈树相像：他数一数有五棵（一棵在左面，其余四棵在右面形成一束），在烟叶地里有八名采烟叶工（或者不如说，仔细看只有七名采烟叶工，弯着上身，伸出或者半伸出手臂，第七个人在前景，挺直上身，手臂沿着身体垂下，好像在给画师摆姿势（也可能是给摄影师摆姿势，因为看来画是根据一张照片印制的），更像一名工头或者场主；但是可能还有其他的（其他棕榈树，其他采烟叶工），他没法看到，因为第二张标签垂直地盖在第一张上面，以致把纹章里的风景遮住一部分，后面这张标签（或者保证标签）只是绘着精致的图案，一连串蓝灰色的8字，组成鱼篓的样子，或者像渔网，对称地画在一面中心圆盘两边，圆盘的上边框可以看到 TABACALERA[①] 一字，后面是开头字母 S. A.，圆盘边框的其余部分缀饰小珍珠，中间又是一个纹章，画的是纹章学中常用的符号或动物（城堡、狮子），好像可以说是一头老鹰的身体，左右两边各一片艺术化的翅翼，而上面竖起的是头、钩嘴，准备袭击的样子，下面两边是强有力的爪子和棕叶式的尾巴，8字连缀的书法像一条花边突出在标签的真正的底面上，橙黄色标签上有搅在一起的装饰图案，如果看得仔细，图案是由编结的细缎带组成的，上面重复出现小写字母写的字：烟草的益处，组成一个模糊的后景，上面突出蓝灰色字母写成的三重说明：

每盒价格

每包价格

每支价格

---

① 烟草专卖公司。

这些说明上哪一条都没有标数字，这确也不重要，既然到头来谁也不会买到（他这个盒子是美国人给的），现在烟草店唯一出售的东西是用粗纸卷成的香烟，必须摊开一半，舔一舔才能粘上，以致这样做完烟丝差不多也掉了一半，由于烟草质量，掉了也就掉了，没多大了不起，好在（他放下烟盒这样想）这让他消磨掉好一段时光，在这时刻他至少忘记报纸和大标题的存在，既然他听到了钟声（一次两声高音，响了两次）敲半点钟，他想他没有听到敲一刻钟的钟声，这次他搜索上衣放报纸那只口袋的对面口袋，拿出香烟盒，打开，把其中一支烟摊开，让干而黑的烟丝落在掌心里，现在又把它们倒入那只空盒子，然后放在桌子上，拿起掐灭在烟灰缸里的小雪茄，剥开，把叶子掰成碎片，一撮撮放到折成两片的香烟纸上。他是在桌子上这样做的，以致掉下的烟丝不多，剩余的烟丝散落在桌面上，聚成一小堆，用手背推到桌边让它落入另一只放在桌下托着的手掌心里，再倒入空烟盒：有几根烟丝依然沾在发热的掌心，他搓搓掌心，小心翼翼抓住他卷好后沾了口水放在桌边的香烟，努力拿平放到嘴里，点燃火，抽了几口，然后站起身，走到开关前，把灯熄灭，脱下裤子，黑暗里朝着椅子方向随便扔过去，这次回去直躺在床上，过会儿听到敲三刻钟，这次香烟的烟火烫着了他的嘴唇，那支香烟（就是说香烟的余下部分，他现在谨慎地抓在大拇指指头和弯成圆的食指指头之间）同时烫着他的手指，以致他的手惊跳一下，红点子在黑暗中画了一个圈，然后（当它碰上地砖）一条短短的直线，在直线后面带出一溜发白的火星，还红了一会儿才消失，他始终躺在床上，没有一点声音，风标不响了，外面的汽车不响了，港口的汽笛也不响了，仿佛全城都死了，好像这些埋在地下完好无损的城市及其在睡眠中窒息的居民。一两千年以后发现躺着，缩成一团，全身赤裸，烧焦，扶靠在床上，姿势惊惶失措，再过一会儿，呛人的烟味减弱了，盥洗室又开始静静地发臭气，公共厕所、过熟的瓜、哈喇的油又开始散布呛人的恶臭，要不就是像美国人说的，是那些肥胖的老将军的恶臭，他们的身体在什么地方继续静静地腐烂毒化，身上穿着杏红色军服，镶上红的蓝的饰带，盖满各种金勋章，完全像个雪茄盒子，在这座静默、高温、阴沟堵塞的青铜城中躺着，魔怪似的，发胀发臭，在宁静中慢慢水解，慢慢蚀空，点点滴滴渗漏，只有成千上万耗子的奔跑声打破宁静，这时他一惊，直起身，说："是的。这是什么？谁在那里？"现在他撑着肘关节，惊愕，喘气，徒然试图摇醒自己，睡眠像一块黑色坚硬的石头压着他，有好一会儿他无法动弹，身子像木头做的那么僵硬，虽然他不停地对着自己的身体吆喝，两只耳朵嗡鸣，黑暗在他周围旋转；后来这一切停止了，不旋转了，外面包着的一层黑壳痛苦地像鱼鳞似的开裂剥落，这时他才可能蠕动，反复说："谁在那里？"脚步声、杂乱的说话声在走廊里离远了，减弱了。他站起；他几乎能够听到睡眠的鱼鳞状外壳整个开裂了，崩碎了，这时他在黑暗中动作僵硬，磕磕碰碰撞上家具，找到了椅子，在椅子靠背上，然后在座位上摸索，然后在地上寻找自己的裤子，终于一把抓住，把这堆软趴趴的布翻来翻去好一会儿要找那条裤带，终于把它套上了。走廊亮着灯，但是没有人，几乎立即走廊的灯又灭了，楼梯间的灯还是亮着，灯光打到走廊的拐角产生反光，微弱地照亮了他前面的磁漆墙壁和一排关闭的门，然后楼梯间的灯也灭了，下面门厅的门咯咯响，然后悄无声息，在宁静中他又能够听出他的肺里来来回回的空气声，没有别的，直至又传到他跟前的汽车飞快关门的喀嚓声，然后是一辆汽车发动声，然后又是宁静和这个扁平的、不可言状的、不动的东西，他能够像人家能够感觉水那样感觉到，它阴暗、寒冷、致命；可是院子也是宁静的，美国人的房间没有灯光，一会儿以后（他又重新躺下，但是又重新不能入睡，仿佛当他打破这层外壳时，睡眠与黑暗又重新分家了——好像一种化学物的或者不如说一种状态的组成分子：睡眠现在包在他的皮肤外面，仿佛他的全身收缩了，包在坚硬得像石头的外壳里面的是一个可以伸缩的、固执的、痉挛的、警惕的小侏儒。他又听到钟响，发出一系列齿轮的敲击声（像一阵轻微的震动，准时、忙碌、勤奋），然后是两声高音，清脆悦耳，敲了四次，声音缓慢、间隔、庄严，震颤声在黑暗中悬挂很久，这是四点钟，他机械地数钟点数，不奇怪不感兴趣，仿佛挥手赶走讨厌的苍蝇，他的注意力现在完全被另一种声音，一个人声，或者不如说不完全是一个人声吸引了，这就是说不是从一个喉咙里出来、耳朵已经听惯的熟悉语音，根据字句，根据一种发音清楚、不公开、预制的语言模压出来的，而是还处于粗糙原始状态的人声（要说语言也可以）：穿过院子传到他面前的一声呻吟，一声呜咽，单调，低幽，从一个女子的喉咙吐出来的。他始终躺在黑暗中，现在屏住呼吸，倾听着这声呻吟和哭泣在宁静中升高，然后他跳下床，跑到窗前，但是没有点灯，又待在那里，耳朵嗡嗡响，气喘吁吁，窥察黑暗的院子，黑暗的、谜一般的窗户，那声呜咽，那些不可察觉的哭泣又升高了，停顿一下，又起来了，又停顿一下，灯光突然猛烈地打在他身上（几乎是响亮地，就像对空抛出去的一缸子凉水，没头没脑泼在他身上），这是美国人的窗子点亮了，吓了他一跳，往旁边躲，当他再看时，看到了她，只一秒钟时间：她一丝不挂，举起手臂要把已经拉上四分之三的窗帘完全拉上，恰在那个时候只留下窗子左面一条狭窄的缝，以致她，或者不如说她的身体（他没有时间看清她的面孔）没有完全看到，紧紧地夹在两条直线之间，甚至一部分还给长方形窗子的左面遮住了，窗子正把右大腿从直的方向隔成两块，从腹股沟上面开始，沿着肚子边缘，到右乳房奶头偏左的部位（奶头下的圆盘很宽，发褐），在脚步把身体带到窗子前的最后阶段，身体的这一部位绝对处于垂直状态，左大腿还拖在后面，稍稍隔开，使得两条大腿的间距形成一支小枪头，尖头托着那个发黑的、乱蓬蓬的三角形阴阜（两尖相对），仿佛从下部开始，由两条直线托着（窗洞左边和窗帘边缘），升起一个工程，一个建筑物，巴洛克式的杂物堆积造型（一根手杖，一只漏斗，一座平台，带叶子植物的花盆，两只球），好像停在平衡杂技演员的手指上，毫无分量：那支枪头，那个乌黑喇叭口的阴阜，上面是由三角形毛堆横边托着的白色月牙形往外鼓的肉，作为肚脐眼的柱顶盘，肚脐眼就像水果盘中一只孤独的水果，一颗普通的樱桃，从肚脐眼开始是这道浅浅的影子沟，一个多枝的轴心，愈往上升愈模糊，这两边是两只对称沉重的球体，身体侧面受到亮光，分成了流动的光与影的两部分，浅褐色的影子差不多都集中在左面，这一部分肉体光洁平滑，一根曲折流畅的线条作为边线，越过边线是漂移的小岛屿，在有亮光部位像碎片那么突出（在乳房的右面是腹股沟，半条左大腿），而轮廓分明，乌乌黑黑的影子则表示阴阜、肚脐眼、奶头和举臂露出的多毛的腋窝……但是这怎么回事？这怎么回事？只有一会儿，仅一秒钟的时光。然后她拉上窗帘，把自己抹掉了，取消了，隐没了，消失的形象依然留在那里，显然是视网膜的残留作用，这种存在的延长在于形象瞬息即逝（由于没有其他形象来代替，如果没有窗帘，动作就可以代替形象，使最后的形象有一点儿微小的改变：连接左肩与乳房的肌肉（这部分的皮肤横的映上几条细细的皱纹，像鹅脚蹼似的）突然收缩，手臂跳动摇摆，使乳房往上担，然后窗帘在这面前从右至左迅速滑过），以致他以为自己继续看着她，分解她（不光是形态、图像，还有这种闷热，这种令人冒汗的潮湿，这种夜的气味，匆匆一瞥、令人感动、看不真切的肉体的气味，她也是从虚无中来，一瞬间以后又永远回到虚无中去，而他自己被动地录下了这一系列简单形象：放映在窗帘上的绿色皮影戏，高举的手臂、乳房、臀部、大腿的线条（不再像身体上光与影的分离那样模糊），在鞭打着空气的窗帘上波动，扩散，以致一时由窗帘形成的肚皮上，腰身显得还在瘪下去，臀部显得消失了，乳房的奶头那时显然已经紧贴窗帘布，因为在那一点上影子完全是黑的，还在过分地扩散，然后（圆环还在转动，转到了窗帘杆的一头），窗帘的所有褶裥好像向左边汇合，集中，撞击，这时影子出现了皱线，或者不如说褶裥，窗帘的下摆于是摇摆，回流到了右边，还掀开到了一半的高度，以致他逐渐地发现了从下而上的小腿，两只膝盖，黑色三角形的女性阴毛堆也倏忽一现，然后窗帘又第三次回到左边，声音没那么嘈杂，影子还在轻微地波动，凹凸部分时隐时现，然后不动了，轮廓几乎跟人体的轮廓一模一样，好像从人体上拓印的，然后一切隐没了，他始终站在黑暗中，然后重新躺到床上，同时黑夜中第三次对自己发火，把自己看做是白痴，想："一个女人，而我……白痴一个。他要给自己送上一个女人，而我……白痴一个！白痴一个！白痴一个！"这时时钟又敲了，敲了四次两下高音以后，他这次数到了十下，看看……

V
失物招领处

……敲了四次两下高音以后，他这次数到了十下，看看灰色天空中受惊起飞的鸽子，直线飞往塔楼上方，然后看教堂本身，镶主教纹章的铁栏杆下假科林斯石柱之间的木板栅栏，招贴画上色彩鲜艳的点子，现在他凭着日光能够分辨清楚了，认出前一夜从秃头头上看过去以为其中一张招贴画画的是一架飞机，其实是一名跳水员双臂伸成十字，正在凌空跳下，他下面的孩子仰起头，不是吓得掉眼泪抽搐，而是高兴大笑，招贴画的说明：

强壮的青春是幸福！

国家体育协会

招贴画旁边撕开，露出它盖在下面的一张招贴画的局部，那是红黑底色上一只经过艺术处理的茶褐色手掌，手指张开，颇似阿拉伯女人的手，到手腕节截断，好像从废墟裂缝里伸出来的，画纸的锯齿状裂口犹如火焰，穿过（或者咬住——或者攻击）一张白色招贴纸，上面可以看到：

商业界劳动者工会

罗姆剧院

全体大会

然后，紧挨下面，两张相同的招贴画并排贴着，上面的画表示已经毁坏的房屋，画下有下面的说明：

人 民

的

痛 苦

战争中的真人真事

彼德罗·德·巴尔萨诺亚

书籍定价：6

在右面接连贴着其他类似的招贴画，但是部分被其他后贴的招贴画遮盖了，以致只有上半部分是看得见的，也就是说，同样的废墟画，同样的字，重复好几次：

痛苦 痛苦 痛苦

在同一个瘦而赤裸的男人胸像上面连续出现，好像一声哀号，这男人挥舞一支步枪，这幅半身像他在大酒店房间里看到过，贴在墙上代替粉红的仙女和爱闹的牧羊女，男人肚子瘪，嘴唇张开，无声地喊叫，他的锁链挣断了，他的不可阻挡的冲动，他的不可阻挡的格言：

我们必胜

这些字重复了三次，因为这幅招贴画比那幅谈论人民痛苦的招贴画大，以致最后那幅完全在栅栏右边，越过墙壁，部分贴在大柱子柱身上，栅栏的最后一块木板顶着柱子，柱子本身也就成了另一张招贴画的载体，或者可以说另一张斜贴在圆柱体弯曲面上的红纸头的载体。

我们不允许
设置陷阱

第一只鸽子，然后第二只鸽子，灰毛白点，从下向上经过红纸前面高高飞起，停在日积月累厚厚盖满发白鸟粪的柱头的杂草上，消失在房檐下的浓影中，他现在所能看到的是灰羽毛中的白点子不时浮动，在另一座钟楼里——或者另一座大时钟——传出缓慢钟声，那时他惊跳起来，意识到这是十点钟了，即使在这个国家，即使在革命时代，即使考虑到那个女人的特殊情境，十点钟应该是过了一个美国人可能所说的第二天早晨（除非他明确说十点钟，但是他说的是明天早晨——这一点大学生可以肯定），现在稍稍有点儿气喘，四级一跨登上楼梯，沿着走廊走，然后在门前站停，不动，还没有决定要不要敲门，尽量定一定神，这时他试图向自己证明，或者不论怎样试图相信他会成功地向自己证明，这是上楼梯上得太快了（或者是一夜没有睡觉，还不说他最后还是勉强自己喝下去的那杯咖啡。这杯咖啡就是有一种哈喇油的味道，他能够感觉到它深褐色，腻乎乎，没法消化，现在正像盥洗室的温水竭力要通过咽喉倒流出来），重复说："但这是楼梯。就会过去的。是为了这个心才跳得那么快。或者可能是他们还真会用咖啡来搞这个玩意儿。或者总是用什么使你的心跳加速。"他低着头，眼睛望着脚下的走廊地漆布，中心镶嵌图案，仿马赛克，布满灰的、黄的、白的、蓝的小方石块，每边都有两道装饰希腊方形回纹饰的阔条子，地漆布磨破的不规则边缘就在他的鞋子之间，有一条很深的裂口，好像是被一只耗子啃掉的，底板露出了厚厚发红的经纬线，像流苏似的挂着，他盯着看，数上面的线，同时在想："现在转过身走开。现在溜吧！"同时又想："但是我不能够。我不能够。"他的手这时候代替他，也可以说逼迫他，做出了决定，甚至在他没有下达命令以前，还有点儿心安理得地自己做主敲门，因为不等到回答，它就抓住了门把，开始狠狠地左右乱转，又是推又是拉，总还是出于对日常礼节的一种让步吧，他已经往后退（也就是说他的身体离开门），而现在已不再是他那只手的这个东西（既然身体现在已经越出控制，手沿着大腿垂下不动）拒绝跟着他的身体走，拒绝弃门而去（除非关闭的门也成了他自己的一部分，而他的另一部分坚持跟它过不去），继续猛击，敲鼓似的敲，摇门把，同时他核对椭圆形搪瓷牌上的号码，然后他一边走过门前一边数门（直到五），到了走廊尽头直角转弯，不再数，现在走得很快（没有跑，只是走得很快），又一次向右转，到了自己房间的门前，走进去，没有停步穿过房间，然后又停住了，站在打开的窗子前，在他昨夜待过的那个地方，现在正对着他面前院子墙上的窗户数了又数，意识到有灰绿窗帘（始终拉着）的那扇窗从墙角算过来是第四扇，想："但是我好好算过是五扇门……"想："那么这不是，她不是……他不是……"虽然它——这就是说他的身体——始终一动不动待在打开的窗子前，他内心那个不需要身体、不需要四肢就能移动的东西又穿过房间，走了出去，又穿过走廊，再一次数门，核对椭圆形搪瓷牌上的号码，这时他好像同时听到地板在他气势汹汹的脚步下发出回声，这时他用两手抓住门把转动和摇晃，转动，摇晃，敲门，转动……

然后在上一层楼，有人打开窗户，他急速往后退，撞上了桌子，铜器跌落在地砖上弹跳，叮当一声突然把他惊醒了（或者让他清醒了），于是他自己的这部分，刚才在那边走廊里对着门不依不饶的，猛地停了下来，现在只是乖乖地对着门站着，像前一会儿一样，甚至连号码也不看，盯着门，内心有一种失望，反抗，想："不，不，不，不，不，不……"而他的由肌肤骨骼组成的另一部分，正四肢趴在地上，情绪亢奋，竭力捡起撒满一地的烟蒂和残火柴杆（但是他看不见），放到烟灰缸里，然后又弯下腰，头凑到地面，对着烟灰吹（但是他还是看不见），然后又抬起头，蹲一蹲再站起身，这时才窥见了它，也掉落在地砖上，稍稍偏左，封面一页围绕折叠的中缝拱了起来，像自动复活了（就像有人说的，一具僵尸有时候会慢慢举起一条腿，一条手臂，打哈欠），仿佛它在一种滑稽嘲讽的意志影响下翻了开来，当封面一页达到约四十五度角时停止不动了，大标题的第一部分完全可以看到了，他那时停止了行动，始终蹲在那里，头平行地转向地面，不是为了读标题，而是窥伺冷嘲热讽的敌人的行动，他的脸上现在沾染了这种平静的失望和隐忍，这种情绪在那扇关闭的房门前已经开始潜入他的心中，他的目光忧伤苦涩，表情充满痛苦沉默的责备，对着大黑字体写成的前三个字看过来，看过去，好似那是一名又一次跟你闹同样恶作剧的老相识：

谁杀害了?

然后摇一摇身子，重新站了起来，现在谨慎小心，慢慢地移动，不是有什么恐惧或害怕，而是此刻（想到了走在棺材后面的主席和政府成员的面孔）仅仅是疲劳，又把铜烟灰缸放回桌子上，仿佛它有一百公斤重，然后又低下身（他的全身痛得不能动弹，简直像是那些老人，在做任何一个动作以前都要长时间集中精力，然后当他们下定决心后，把这个动作可以说分成几个阶段，在每个阶段之间停顿下来喘口气）捡起报纸，把它重新放在桌子上，这次在烟灰缸旁边，机械地压在中缝的折叠上，然后耐心等待，当第一页摆出样子又要起身时，拿起来，这时把它按正常情况折叠，动作依然平静，专心，现在大标题完全露在外面，只是他也没有去看。

从港口上来那条路的梧桐树下，小贩已经重新打开他们的摊子，跟花店和书报亭交替出现，书报亭摆上了每天供应的纸头版头条，标题夸张，自以为是，扎眼，得意洋洋。但是他不想去看；现在他半跑半走地往前去，在大声议论的人群中开出一条路，人群好像跟摊贩同时出现，成为活生生的存在；仿佛他们待在（或者不如说仿佛人家把他们安排在）什么地方，就等着夜里出现，就像这一组组木偶、机器人，呆住在一个动作、一个微笑中，突然机器开动，都在同时开始蠕动，打哈欠，同时八音盒的乐声响起，戏台的脚灯点燃，仿佛白天发灰发热的亮光还具备某种神秘的魔力，不但能使活生生的人物随着它一样肉眼能见，还给他们注入生命，安排行动，或者至少（如同木偶和机器人，注定要无休止地重复同样的动作或者走同样的路线，没有改变和逃遁的希望）带来这份激情，指手画脚：人群走个没完，或者说个不休，满载的有轨电车开上又开下，丁零当啷震耳欲聋的铁轨声，涂满标语、装满武装人员的汽车风驰电掣过去了又回来，蓄山羊胡子的半身像，长头发、善良的近视眼、大额角的先知像，一排排用衣夹挂在摊头的铅丝上，用沉思庄重的目光看着汽车过去，在温湿的空气中晃动，神情若有所思，神色十分清朗，空气中飘浮着看不见的水分子，夹杂着臭气的细粒子，他好像看着它们毫不停留地升起（跟海面上淡薄的水蒸气同时），犹如那一群群不知疲劳的苍蝇，从地下黑暗的阴沟里钻出来（那里胖将军的尸体继续在腐化，浸沉在粪便、白菜根、西瓜皮、烂鱼阵阵散发的死亡臭气中），积累起一厚层、一大片，可以说几乎可以用手摸到，受到不可察觉的涡流、不可察觉的内脏收缩而涌动，这些都汇集一起，有气无力地拍打着广场一头那座大建筑物插在灰湿泥地里的墙脚，就像一艘轮船从浓雾中出现，高大的船舷上（层层叠叠的窗子，复杂的上层结构，避雷针，天线，桅杆）笼罩一圈从这类建筑工程——不论是否浮在水面——散发出来的光晕，从传统上说这类建筑工程的名字都取自海陆两地巨人与神战斗的神话（马吉斯蒂克、泰坦尼克、欧罗巴），好像更增添了这种无所依傍的沧桑感（大殿，巴比伦宫，在一个臭海洋上漂移）和骄傲的横幅标语赋予它的责任感，这些薄纱横幅浸透了水，从一个阳台拉到另一个阳台，散成了晃晃荡荡的花彩（有的地方风吹雨打绞成一团）。他没有抬头，穿过马路（始终半跑半走，现在他又开始出汗，说实在的，虽然他感觉他实际上从没停止过出汗——只是有不同的出汗方式：不动的与运动的——但他想：我还是开始懂了。我还是一次记住了就永远不会忘），有点儿气喘，看着自己满是灰尘的鞋子跨上广场的台阶，在纷纷向四周扩散逃命的鸽子、街头摄影师、月桂树丛的中央往前进：他能够感到它也在往前进，或者不如说迎着他漂移过来（因为可能他并没有动，始终坐在同一条长凳上，胃里藏的不是油腻腻有哈喇味的咖啡，而是这杯太稠的没法吸收的啤酒），高傲，挺立，洛可可，神秘，富有异国情调，充满它的那些神秘幽灵：贩卖黑奴起家的亿万富翁，游山玩水的老太太，富有的巴西女人，巡回演出的歌剧台柱女星，迟暮的、甜蜜的、邪恶的、粉红色的女人，都可以碰见，就像一座巨大的坟墓，某种美妙、野蛮、腐败、已经消失多年的文明留下的奇形怪状遗迹，荒谬，无度，毫无一用，门禁森严（就像古代帝王的神圣坟墓，会给亵渎其秘密的探险者带来厄运），守着什么诅咒（他想——但是现在平静，毫不粗暴，就像他最后折好了报纸，让标题留在外面，现在太累了，不会再愤怒或失望——他说，语调就像提醒一下，证明一下："或许只要消消毒就可以了。很简单。可能他们没有想到……"），仿佛这些切成整块，长途运输，堆砌成楼，然后又用在烟草地、甘蔗种植园、锡矿出卖血与汗所得的利润租下来的石头，继续在无穷无尽地还原成血与汗，打开保险柜，从里面滚出来的不是台柱女星的金刚钻或一捆捆的绿色债券，而是法老时代的一股毒雾，然后他想："应该早就采取预防措施。现在进去出来的人已经太多了，但是那又怎么呢？"现在他第三次试图向门卫解释，他绝对必要会见那个叫阿尔瓦莱兹的家伙，门卫靠在通道的一只咖啡馆用的独腿小圆桌上，也正第三次试图反过来向他解释，他为什么不能让他没有通行证就往里走，这时他（大学生）放弃了，他做这件事也同样累得不行了，只好现在带着这份平静和灰暗的顺从态度，审视这身可以互换的瘦骨架，穿着或者不如说顶着这身可以互换的棕色工作服，可以互换的像司炉工或洗碗工绕在脖子上的围巾，可以互换的乌鸦翅膀状的头发，可以互换的穆尔西亚人的头（或者阿拉伯人、或者西西里人、或者印度人、或者马耳他人的头——或者这一切人混合的头——也就是说所有这些有朝一日会被饥荒或暴力赶出家园，自愿或不自愿地首先从地中海、然后从大西洋的一岸赶往另一岸，直至最后产生了这类独一无二的种族（不是种族的杂交，而是这种常数、共同点的杂交，那就是饥饿，既是动机，也是原因，也是效果），这类补充和混成的人类，介于饿狗与猛兽之间，有那张可以互换的干瘪的面孔，那个可以互换的鹰钩鼻子，那种可以互换的既热烈又温柔、既残酷又受苦和怕生的目光）：最后他退却了，抬头朝着那座石头悬崖，带着它的柱顶盘、托座、阳台、梯形墙竖立在他面前，好像某种谵妄症、某种精神大错乱的疯狂表现和凝结，要攀高攻下灰色天空，天空中柔软的海风继续不停地吹着肮脏的云絮，吹到最后几座阳台上消失了，以致一会儿以后这些阳台好像摇晃起来，仿佛整个正面墙也向前弯下，矮了一截，慢慢要给拉得铺天盖地倒下来，最终把他们大家都在一场世界末日的大崩溃中，埋压在巨石、檐口、柱头、圆柱的启示录式的瓦砾堆下，以后人家会在里面找到他们，他和那个抄下巴的丑八怪，饿了一千年已成了硬块，半身埋在土里，斜竖着像个驱赶麻雀的稻草人，始终在讨论的样子。但是 TRABAJADORES 这个字上面的窗前没有人出现；他就留在那里（现在那个哨兵已经不再对他感兴趣），把口袋一个个搜过来直到他找到自己在找的东西。它们都折在一起：这些他用来付房钱的居住券和让他有权利到食堂就餐的通行证，食堂就设在从前亿万富翁就餐的餐厅里，他每次坐下都试图说服自己他要有足够的胃口，强迫他的喉咙让这些说不出是什么的食物咽下去，据美国人说都是一律用卡车排放的油煎的。最后他把居住券放回口袋里，打开通行证，伸到哨兵的鼻子底下，挺直食指指一指小学校长的签名，同时又几次高声重复他的名字，哨兵把步枪的皮带往肩上一背，由他抓住这张证明，用两只手抓住，一捏，仿佛这不是一张普通的纸，而是必须逮住和制服的一个敌人、一名对手（大学生于是记起意大利人画他那张地形图的样子，全身气力都压在铅笔上，深深的线痕不是画在记事本的纸上，而是画在记事本的纸里，仿佛这张纸，这个符号和抽象概念的脆弱、危险和捉摸不定的载体，应该努力用暴力才能对付和操纵），拿着它像拿着一块木板（两只大拇指放在上面，发褐，方指甲，不像剪的，而是折断的或者不如说是边长边磨损的，显然是对什么东西摸索多了，最终连整只手都有了它的颜色和形状：不再是肉和皮，而是一种开裂、龟裂、干枯、坚硬、灰黑的物质，像土地本身一样），举到这张鹰脸面前，此刻鹰脸上有一种不可言状、疑虑重重的失望，慢慢地前后移动，然而眼睛，甚至不装出读的样子，凝视着排成一行的字母和白色、谜一般的长方形纸，他突然一挥纸，朝着半躺在台阶上的下士（就是担任下士职责的那个人）转过头去，同时喉音浓重地叫出粗野、自豪的话（现在他避开不看大学生），下士（担任下士职责的那个人）把口水沾湿的烟头一扔，站起身，机械地走近来，但是当他看到那张纸，也不去抓住（显然他也不识字，但是不愿意在哨兵面前让人看出），也不看大学生，轮到他转过身，喉音浓重地叫出粗野的话，听来像在山沟岩石间回荡的一声鸟叫。然后中士，也就是说担任中士职责的那个人，因为没有一个人佩带肩章或任何诸如此类的东西，他们不但穿着和装备几乎一模一样，而且还像同一模子里出来的，三个人都瘦得怕人，褐色或者不如说土色的皮肤，都有那种饿了苦了几千年的同样痛苦的目光，以致在那一会儿（现在担任中士职责的那个人从哨兵手里接过那张纸，用心读）大学生觉得很滑稽，关在这一类的镜子宫里，好几块玻璃一组合，他就可以看到一式三份由身上无肉、堂吉诃德式、悲惨的尸体扮成的机械师形象。这时候，没有预警，他们也没有看到什么落下，在拿纸的两手之间响起“啪”的一声，微弱短促，像鸟嘴一啄，仿佛那一滴水不是掉落在上面，而是通过氢气和氧气自发和响亮的合成，突然活生生呈现在纸面上，水滴很大，形成不规则的触手和珍珠冠状，中心稍稍鼓起，用劣质墨水的签名已经开始化出细细的纤维，然后，在他能够抬头以前，这又第二次发生了，以致他们四个人现在看着的不再是那张纸（那个脆弱可怕的谜，由淡淡一行排列成一定次序的字母和图章所代表的“芝麻快快开门”），而是天空，不断飘移的潮湿云絮，现在发深灰色，滑到最高的檐口后面，檐口又开始在它们下面摇晃，以致这个无声的响声从后面响起，使他们吃惊，从凝望中回过神，旋转头，恰恰看到（这时高而细的棕榈树突然乱晃起来）像一块发灰巨大的幕布张开（从右向左拉）在广场上，路人已经跑了起来，上衣罩在头上，好像一群无头鬼，踏着自己的倒影四处乱窜，这群人跟幕布的边沿同时达到他们面前，中士两臂已经张开，大叫（但是事实上大学生没有听到，现在他感觉的一切，是雨水猛烈溅在人行道和桌子上的劈啪声，还有杂乱的人声）或者试图大叫的无疑是这样的话："不！走开！这里不……"已经往后退，下士和哨兵左右两边夹着他，有一时也两臂张开试图即使不能赶回，也可以遏制这些爬着小圆桌组成的栏栅过来的人，让他们留在那里，然后，向后转身，放弃了，自己也好歹把工作服的上身罩在头上，奔上台阶，这时在他们后面几米，中士的上身，两臂始终张开，摇摇晃晃往上升，往后退，好像不是被他的腿带着走，而是像宗教游行中的救世主基督，被一大片慌慌张张浪涛翻滚的无头的背拱着走，然后越过了他，把他独自留在现在闪着水光的台阶上面，狼狈不堪，可怜，怒不可遏，有一时看看左面，又看看右面，不是在寻求不可能也没有用的援助，既然他现在也没有人需要往回推了，而是可能在寻求一名见证人，证明他无用，他愤怒，或者还是在寻求一名部下，当他的出气筒：这显然是这个，因为他情急之下拿定主意，走下台阶直到机枪前，低下身（弯背上的工作服立刻戳上眼睛状的斑点，然后不一会儿全部变成深褐色，然后接着，当他跟支架搏斗时，发亮，然后当他直起身时（机枪终于脱离它的支架，扛上了他的肩膀），滴水，胸前那部分也斑斑点点，不一会儿全部变成深褐色，他那时带了他的重担又重新爬台阶；现在他大怒，高傲阴沉，不声不响，沉重的枪栓举在前面往前冲，大酒店的大堂内现在全是汗水湿布的气味，沉重，浓密，叫人透不过气，大学生东推西搡穿过大堂，试图乘机往最初几级楼梯的方向前进，这时一个回流（可能是新来者拥了进来——或者在机枪的枪栓前逃跑，那挺机枪像一只羊角撞锤，怒不可遏的中士将它抓在手里，盲目对着大喊大叫、张皇失措、淋湿的人群——或者可能还是下士和哨兵的反攻，他们定一定神以后，带着赎罪者的过分热忱，得到了增援纠察队的帮助，现在试图控制和驱逐这些闯入者）把他顶在电梯间前，电梯间后面是油腻腻的空坑（或许是机械出了故障，或许是一劳永逸关死不让人到上面几层楼的小房间），此外就是铺了一地的香烟头、碎纸和各种各样的碎屑，大学生尽管位置不舒服，就是说这时候挤压在，或者不如说镶嵌在，他一直以为是扣在铁栅栏上的普通招贴告示牌中间（会议通知、决议、公告、通报、服务事项、指示和措施，在上几层楼内起草打字的，就像任何坐在办公室的人类群体，都认为自己绝对有必要把它们分泌出来和公之于众，显然谁也不会去看的，所以他也从来不费心去看上一眼），现在受到某种不完全是笑和快乐的东西摇动（若要说跟笑和快乐比较的话，犹如酸硬涩口的野果子去跟同类培育成长的甜果子相提并论），这时他想："他们是为了这个才需要的，他们终于给自己找到了一份工作……"他想：尽管这些滑稽不一致的表面现象，有些不明不白不可躲的逻辑始终主宰人的行动，甚至形成这种荒唐的必要，促使一个地方的新占有者把每样东西系统地改变位置和目的，而这时尽管他的位置不舒服，半个身子总是压着透不过气，脖子转向后面好让开一点儿，他通过玻璃上贴的油印纸中间留出的狭窄空隙，发现在离他的面孔几指远的地方那些甜蜜、邪恶和褪色的片断（桃红色的腮帮，赤裸的腰身和大腿，失去高跟鞋的脚），这些都是从亿万富翁寓所装壁板的墙上拆下来的，牧羊女、仙子和放荡的侯爵夫人的肉感的幽灵，现在挂在那里成了内容难辨的胜利公报的支架，仿佛哪次扫黄怒潮把这些温柔、裸身、欲火中烧的女人判刑，让她们渐渐地盖上浆糊，窒息在公文纸下，一切暴力和反抗也都吸收在里面了。他待在那里一会儿，呼吸困难，身子始终被不知什么东西摇晃着，是这种无声的、冷的、咬牙切齿的笑，还是有湿狗气味、在大堂里旋转的人群的不一致的脉搏跳动，他凝视这些粉红色肉体的片断，近得他好像闻到了，呼吸到了阴郁悲凉的麝香，从粉扑扑的头发和胸脯散发出来，好像一种遥远精致的香味，预兆一个感到幻灭、处于弥留中的世纪；一条腐烂微妙的信息，说明怀疑主义和高雅的不信神论，好像一份可爱的遗嘱，针对理性的哲学需要和野蛮需要进行一场可爱的哲学屠杀。然后，接着他缩着身子穷凶极恶像钟摆似地摇动，汗水、湿布、愤怒或嘲讽的叫声一古脑儿回流，把他拉出了栅栏，他的腿和肘节（还不是精神，还不是意志：面孔和精神始终朝着萎谢死亡的花环和无精打采的康乃馨，它们现在飞速地离他而去）自动调节，又神经质地动了起来，不是逆着人流，这已毫无用处，而是顺着人流，稍稍侧向一边，像在波涛中泅水的人，这样做的目的，不是为了达到楼梯（一下子完成不了这样辉煌的成绩），而是斜着往前走（就像抢风航行的船只迂回前进），希望趁下一次逆向回流时，再不要又跟仙女和侯爵夫人撞个满怀，而是顺势跳上第一个梯级：他做成了，抱住扶手栏杆晃动了一会儿，钻出人群，终于冲上楼梯，起初四级一跨，然后慢下来走正常的步子，甚至还更慢，这时他试图好歹喘过气来，但是还是没有完全做到，以致走到门前，站在已撤去红地毯的长走廊上（他想，"肯定他们拿了另派用场了。肯定用在会议厅里做挂毯或铺主席台了。不，这就超越逻辑了。那是什么呢？"），意识到虽然他始终直插在门前下不了决心进去，气不喘心不跳已有一会儿了，一会儿以后，又意识到他会永远下不了决心进去，可是还站在那里吆喝自己而又不能下决心离开，然后（不是谨慎，也不是害怕，而是像一种重量，突然压到了他的身上——或者它（身体和精神）一下子分量重了百倍，不可能移动，仿佛他在街头奔跑上坡，跟门卫讨论，在大厅里东推西搡时已经忘记（或者压下，或者疏忽）的疲劳或沮丧，现在在走廊的宁静中又回升了，不可克服，打消任何反抗的意志和意图，只是从房门里传出打字机沉闷的劈啪声搅乱宁静，同时他心中有个东西，像早一会儿看到招贴画的片断，开始放声大笑，放肆响亮，无法抑制）准备旋转脚跟（那时他发觉，他做不到的，不是做出决定或下决心去敲门，而是认为敲门、走进门背后的那个房间没有什么用，同样，他不可能去做的，不是做出决定、下决心，而是干脆费点儿力气干脆掉转头，走开，下楼梯），这时门突然打开，一个穿衬衫的家伙，手里拿几张纸，一动不动停在门框里，左手放在门把上，上身和面孔朝房间里侧，这时他说完了他抓门把时开始说的那句话，然后，不说话，面孔始终对着他的对话者，等着，没有回答，沉默，站在门槛上的那个家伙这时停止朝办公室里看，转过头看见他的对话者越过他望着的东西，那时发现大学生站在走廊上（但是他也不在看他），沉默还是持续了好一会儿，那时候穿衬衫的家伙仔细端详大学生，从头到脚，然后又从脚到头，显然还准备重新再来审察一遍，这时小学校长的声音在房间角落里，他的办公桌后面响起（仿佛从昨天以来他不但没有离开过桌子，而且还按照原来的样子坐着，脚上穿绳底布鞋，缩在椅子下，相互交叉，两个肘节撑在办公桌上，前臂平放着，右手罩住捏紧的左拳），说："你好。"然后闭上嘴，继续盯着大学生，他的面孔绝对没有表情，中性的，只是很专心，大学生摇摇头，轮到他说："你好。"又是沉默，小学校长，大学生，那个拿文件、手始终放在门把上的家伙，三个人都一动不动，直至最后声音又从办公桌后响起，说："那就进来吧。"

他那时才移动成功，一会儿以前他还相信这是不可能的，他不但不费力气做到了，而且还可以说是不知不觉地，仿佛意志以外的什么东西，某些反应，他的单纯的肌肉，自动前来援助衰退的精神，以致当精神还只是在问他该怎么办时，他已经看着自己正在跨过门槛，经过那个穿衬衫的家伙面前，随随便便在房间里朝前走，同时他能够听到他自己的声音随随便便，散散漫漫，可以说在他的身外自动地，无法抑制地说了起来（就像一会儿以前在他内心笑个不停的那个东西，好像分别运转，好像为自个儿在干，好像那则叙述一个人的历险事迹的寓言，他的肠子、肺、心、手臂、腿，突然如在一次无政府主义的暴动中，各管各的爱干什么就什么），说（自从他的腿自个儿行动起来的那一刻以后，显然已经在说了）：“……但是那场雨好大啊，这个畜生（手指指着墙上的招贴画，精瘦的背脊，肌肉条缕分明的手臂，挥舞着步枪和挣断的锁链）……在下面不让我进来，可是我跟他说‘我们必胜’还是没门派不上用场，我以为这是一句口令，只要重复说上一遍马上什么都行了，今天怎么啦，幸而天下起雨来了，每个人都急着往里面挤，包括第五纵队和门卫，但是他们让机枪淋在雨下，幸而像俗语说的到处都有英雄在危难时刻挺身而出，只凭自己的勇气不顾生死勇敢地冲了上去把它从架子上撤了下来，扛在背上在枪林弹雨下驰骋，可惜一切勋章都取消了，至少应该留着一个奖励这样的事例，这只是早晨的最新新闻……（现在他半只屁股坐在食堂餐桌的边沿上，好像他前一天看到美国人做的那样，把散放在锌板桌上的报纸拉过来一张，一边说一边打开，他说：）……除了这次重要军事行动以外第二战线上今天还有什么新闻吗？这些混蛋将军是不是终于……”然后他刹住了——或者不如说他把自己的声音刹住了——或者不如说他试图做到让自己相信他成功地刹住了，因为事实上声音是自动刹住的，不是小学校长说得比他更响，也不是仅仅因为响（他自己的声音，可以说如同他的身体那样安安静静地坐着，完全一动不动），但是因为他大学生——除非这仅是他的声音——一会儿以来觉察到——除非这仅是他的听觉系统——像在单调重复同样的声音，以致最后他的喉咙停止出声，留在沉默中的最后几句话这次由小学校长的声音说了出来，正在第四次重复，现在只因不耐烦而带点语调区别（甚至不是不耐烦，不如说语调有点生硬，不是因为发火或愤怒，而是为了克服疲劳而做的粗暴努力）：“你要什么？”

然后又是沉默。大学生始终半坐在桌子边沿上，漫不经心地晃动一条腿，他现在低着头对着打开放在大腿上的报纸，其他三个人（小学校长、留在门槛上的那个家伙，另一个他也不认识的人，坐在一张小桌子后面，小桌子前一天还是没有的，今天上面放了一台打字机）看着他，然后他们（这次是全体四人）转过头，动作一致，这一次似乎从空气中落出一个什么东西来了，空气猛烈地、喧嚣地摩擦，或者不如说鞭打，搅和，摇动，好像中了什么神奇魔法，他们错过了它的开头，但还是看到了它的结尾，也就是说两只张开的翅膀，像纹章中的鸟那样在空中拍打，好似要把空气集结和凝聚在翅膀之间，经过压缩，终于在他们看着的时候显形了：那个垂直的身体（咽喉、肚子和两条圆椎形的大腿）中间鼓起，悬在空中，几秒钟一动不动，仿佛它由一根看不见的线牵着，两翼乱舞，爪子张开，在离阳台栏杆几厘米的地方，接着一刹那，毫无过渡地，大家也不可能全过程跟着它从一个位置（或者不如说一个姿态）转到下一个位置（姿态），它就在那张石头小桌子上了，又一动不动，或者不如说在原地围绕着像是一根插在它的爪子和翅膀之间的直轴，做微小的摆动旋转。翅膀很长，折着翘在后面，很硬，平的，像个哨子的后尾。这时它喉间发出低低的声音，动人，不安，哀怨，脚愚蠢地践踏它自己映在湿润粗糙石头上的不明确的黑影子（雨已经停了，石头开始干燥），然后它又是同样不可预见地一下子飞走了——也就是说它突然转过背，拍着翅膀飞远了，差不多一条横的直线，越过广场，很快影子小了，不见了，大学生这时候又意识到其他三个人又重新凝视他，他定一定神，又开始晃动他的那条腿（可能他没有——或者它没有——停止过晃动），又听到自己的声音响了，漫不经心，冷漠，甚至放肆，说："我要是有权利到食堂去进餐，又不能回到木屋里去，哪是怎么一回事？我觉得必须给我一张这类的新通行证，否则我就不知道他们现在要什么，这样他们至少知道四位将军以外怎么又有我第五位不请自来吃饭的，不是吗？……"小学校长继续盯着他看不回答，他的那对黄眼睛，眼角全是皱纹，脸上也全是皱纹和裂痕，神情深不可测，死气沉沉，仿佛他不曾在听他，甚至不曾听见他，眼睛一直看着他，却对坐在"雷明顿"后面的家伙急速交待了几句，那个人把打字机里的那张纸"嚓"地抽出，又放进另一张纸，转动滚筒，调整，然后开始打字，小学校长的面孔终于动了起来，但不是他的眼睛，只是他的嘴唇、他的嘴巴，其他器官的位置没有一点儿改变，以致他的话（"我们给你办一个"）像是另一个人说出来的，然后又纹丝不动，穿衬衫的家伙手始终抓住那个门把，全身一抖，说话，小学校长的嘴巴重新张开，说："办。"那个家伙那时转过背，跨出门槛，又关上门，他步子在走廊里走远了，现在宁静中只听到打字机的劈啪声，小学校长始终处于原来位置，一缕苍白的阳光，犹犹豫豫，扭扭捏捏，照了进来，大学生看着地板上出现栏杆柱头的影子，模糊不清相互碰撞，影子密度逐渐加厚，轮廓更加明显，仿佛产生了光与影的分开（犹如世界起初水与旱地的分开），好像粒子与分子的双重迁徙，划分，分离，聚合，集结，愈来愈快进入各自的区域，直至出现大肚子柱头的歪曲然而清晰的黑色图形，明确限制在横木板之间，然后，几乎马上暗淡，朦胧（又是一番大动乱，第二次粒子迁徙，但是这次逆向演变成混沌一片），消失了，又只剩下地板的条纹，只是灰不溜秋，没有色彩，彼此雷同，这次他颤抖一下，这次想得很快，想到："我就是这样说的。这事办了。"想："这样行啦！"又想："好。很好。不管怎样这事是来了"小学校长的声音平静，不急不躁，谨慎，中立，说："问我见过谁？"大学生又重新摇晃小腿，大声翻过一页报纸，第二次说出（仿佛他对着报纸，对着他眼前排列成行的毫无意义的印刷字）美国人的名字，他的声音无动于衷，分心，然后终于抬起头，这次毫不掩饰地盯着小学校长看，审察这张满是皱纹的面孔，这上面除了这个以外也没有其他东西可看的，现在大学生知道，这是疲劳、疲惫、甚至精疲力竭引起的，就像失望是由疑虑引起的，声音重新提高，始终平稳一致，沉着，一字一顿，说："不。今天上午不行。为什么？"打字机的劈啪声现在也断了，以致他好像听到他们三人屏息和小心谨慎的呼吸，然后他自己的声音发出来了，令人不防，随随便便，这时他突然折好报纸，从桌上滑下来，两腿着地，朝着坐在"雷明顿"后面的家伙走去，漫不经心地说："哦，不为什么。"又迅速对秘书说："这是给我的吗？我的东西？"听到背后小学校长的声音，始终那么平静明白："你应该见他吗？"大学生现在靠着桌子，俯身在打字机上，扭转脖子，低着头像在阅读还卷在滚筒上那张纸上打的东西，转过头，平的，在他的肩上说："我？为什么？我不认为他需要一名保姆，不是吗？"小学校长的目光又一次盯在他的身上，他的眼神疲劳，无生气，甚至暗淡无光，然后又转过去，不看他，现在眼睛绝对没有生气，周围皱纹纵横，好像细细的疤痕、刀伤，仿佛有一只粗暴、毁灭性的手已经开始在他的面孔上涂一道道愤怒的、粗深的、无情的横线竖线，把它盖上、涂掉，让它隐没、看不见，大学生已经一步四级走下楼梯，白大理石的楼梯也撤去了红地毯，到处都是踩扁的香烟头，他撞上人，嘴里含糊不清说几句像抱歉的话，站稳身子，又重新噔噔噔下楼，然后没有丝毫停顿，像一颗反弹的子弹（实际上，自从他起身，抛下那还有半杯油腻腻的咖啡，跑步冲上酒店楼梯以来，他好像没有停止过奔跑和喘气——扭动关着的门的门把，冲进房间，数窗子，又匆忙下楼，经过烧毁的教堂前面，又往马路的上坡走，穿过广场，跟哨兵讨论，在大堂里东推西搡，甚至半坐在食堂餐桌上一动不动，随随便便，漫不经心，而这时在另一边是眼花缭乱、目不暇接的一台杂戏，其中有：办公室成员的面孔，鸽子，报纸上看不懂的字母，阳台柱头的魔影，然后又是那个可能叫做阿尔瓦莱兹的家伙，那张悲哀、苍老、若有所思的面孔，然后又是楼梯台阶，他现在正用同样的闯劲又往上爬，好像水中的软木塞子），喊叫："嗨！"重新往前闯，追上了斜挂着武器肩带的那个背，碰一碰肩膀，然后待在那里，气喘吁吁，抬起头，凝视秃头的面孔，秃头现在向着他弯腰，身子半侧（一条腿还搁在它正要跨上的那个台阶），突然警惕地停下一动不动，像站在猎物前的猎狗，如同浓缩的行动和速度，嘴唇有点抽搐，脸上肌肉松弛，甚至往下挂，仿佛可以说是疲劳使面孔瘪下去了，或者不如说面孔后面的东西瘪下去了，挛缩了，使皮肤变得太松——好像病人的身体在他从前的衣服里晃动——只有眼睛（有环形条纹的虹膜，瞳孔又清又圆，像大头针的针头）还保持一个明白的图形，敏锐与仔细多于严厉，最后嘴巴动了，说："哪个美国人？"然后有几秒钟，大学生待在那里，不说话，傻乎乎的，头轻微旋转，从左向右，然后从右向左（好像表示否定、拒绝、不信），这时他两眼定定的继续审察这个又一动不动坑坑洼洼的面具，直至他突然旋转背，又朝楼梯冲过去，秃头的声音可以说在他的身后追上来，喊："喔！"大学生转身，踉跄，抓住扶手，终于身子不动了，贴着扶手，头现在完全向上仰，对着松软的嘴唇上蠕动的图形（他可以看到在刮过胡子稍高于上唇的皮肤上，亮晶晶闪烁几颗小小的汗珠），与其说在听不如说在看它们此刻正在说的话：“我没有听懂。我以为……”（声音起初也是松软的，然后才凝聚稳定，那时语调可能有点儿太快、太短、太急促）：“是的。我见过他了，我……”这次大学生叫了起来（太响了，他们这段距离要听到彼此的话实在没必要那么响）：“什么时候？”然后接着（或许可能是同时：仿佛秃头没有等待，也没有听到，也没有停止说话，或者还是要赶在问题前面，努力要抢在前面，要防范在前面，现在说话非常快）就是回答：“刚才。今天早晨，他动身前……”然后也突然沉默了：只有两人的呼吸，两人俯着或者不如说绷紧着的身体姿态（上身向前弯，两腿半屈）带点暴力，带点对抗，在关闭的门后打字机含糊遥远的劈啪声，人群上上下下不断的嘈杂声（但是他们两人，秃头和大学生，谁也没有注意到，可能没有意识到），却使他们恍如置身在一个不真实的缺乏声音和动作的环境中，愤怒地向着对方冲过去，当大学生移动，吸进一口气，秃头的声音又赶在他前面，升起（像一块幕布、一堵墙），说：“上前线以前。跟几个美国人。他的伙伴。汽车里有一个位子，他就……”大学生的声音这次成功地说了出来（还是太响，不协调——可是他注意到没有喊叫）：“哪条前线？哪儿？哪里……”抓住扶手的手那时松开了，举起来做个模糊不明确的手势，秃头的声音也同时升起，也不再喊叫了，但是提高了一个或两个音量（可能只是因为他的身体——这就是说他的两腿——开始动了起来，重新在上台阶，而上身依然朝着后面弯，一动不动，面孔也是，但是眼睛不再看着他了）："跟美国人。跟美国连的伙伴……"说出一座城市的名字，大学生不在听他，始终审察这张松软的脸，汗晶晶发亮，然后他不再看见他，声音渐远，大学生还向后面旋转头，歪着脖子，眼睛跟着穿皮衣的上身，几乎已经到了上一层楼，然后斜着在扶手上面移动，而手又放开了扶手，手臂向他的方向挥动，面孔有点儿胖，肌肉绷紧，负气，悲哀，戴着一顶鸭舌帽，朝着他，然后手又挥动，面孔消失在扶手后面，只有放在扶手上面的手指头还在他此刻完全仰起的头上一蹿一蹿移动……但是这怎么回事，这怎么回事？楼梯的扶手盘旋而上，螺旋圈愈缩愈小，一层一层上去直至最后一层楼；当手达到上一层楼，他可以看到这次不是上身，而是头和帽子立即在扶手的平行部分上方跑了起来；然后又只是手指头超出扶手，然后当手达到再上一层楼，一切消失了，而他还待在那里，头总是仰着，凝视现在已空的楼梯间，然后外面，头始终抬着——这就是说好几次转身，随着他走远，看着矗立在肩膀上面的高大的正立面，看第四层楼的窗子，看横幅上TRABAJADORES中的O字母右后面的整幢大厦，白布横幅不鲜艳，发灰，给阵雨浇湿了（但是没有人在阳台上露面），而大厦照着偷偷摸摸而来的阳光，使湿屋顶亮晶晶的，玻璃窗有了反光，此刻倒像一个被暴风雨冲上岸而被遗弃的巨大闪光的漂流物，海水涨时都挟着那些常见的碎片垃圾（破布、湿的旧报纸、海水中泡白的海藻），海水退时都留了下来，挂在大楼的突出部位：一件废物，一辆狂欢节的彩车，在节日后被遗弃在库房里了，浮肿，可笑，带着它的半圆环的花边、缎带和彩纸条，都褪了色，被人抛弃，只有麻雀、海盗和鸽子这些临时幽灵前来光顾。然后它也消失了。

苍白的阳光穿过梧桐树的枝叶，像彩纸屑嬉戏在淋湿的土台上，人群在闲逛，杂货摊小贩又把先知的彩色石版画像擦干或者挂上绳子，先知的面孔看着他第二次经过，他现在往马路下坡走，经过时看也不看花摊、玩具武器、旗子、成套徽章、印在围巾上的故世英雄肖像，这些也是摞成一堆或者用夹子夹在绳子上，在微风中缓缓摆动，也看着他，目光平静，出神，带点儿惊奇，不是因为自己的死亡，而显然是因为照相机的咔嚓声，他们的头路分得笔直，穿周日服装系领带，表情严肃而又天真，让人看来不像是传闻中长毛发、露胸脯的放炸弹或抢银行的好汉，而像是（显然因为围巾的图像是按照事后唯一找到好多年前的照片绘制的）年轻的初领圣体者或者是周六晚上来找女仆的未婚夫，坐在厨房的一张椅子上文静地等待，散发一种不很触鼻的机油、悲哀和堇菜的香味（年轻女仆穿白色蓝条子衬衣，上浆的围裙，背带在她们身上像翅膀，她们的笑声聒耳，轻佻，不分彼此，四周是夹竹桃树，漆成五颜六色的小电车来回开，喷水池在阳光中喷出发白的不清凉的水花，有时风来把它们吹散，叫散步者跑来躲在一时出现的彩虹下面，行人、电车和鸽子都悄声移动，像在一座大公墓里，一堆义冢里——他们就是出声音他也听不到，从而他认为他们正在静静地移动，至少在他们走进广场的时候起（或者可能仅仅在他的视线范围内），除非还可能就是不会出声音，既然从表面上看总是这样的：同样的鸽子，同样的棕榈树，同样的电车（除了现在上面漆上了广告画），老人显然已经分完了口袋里的东西，因为他现在把口袋倒转了过来，动作不灵活地摇，让最后几颗谷物落出来，太阳没那么高了，但还是火热，天空可能没那么白了，但是相差无几，还不需要移动身子，既然丁香树的树影还盖在他的凳子上，当它离开凳子时，他还是可以走去坐在对面那时还遮在影子下的一张靠椅上，除非这时候（他抬起头，迅速朝太阳的方向看，然后朝丁香树的拱顶看）大酒店的影子已经到了他这边，遮盖他，不需要他挪动，吞没他，盖在他身上像一块裹尸布……）；然后是这个：他（大学生，小精灵，青年冒失鬼，既难捉摸又难接近的双料货）气喘吁吁，早晨以来第三次试图平静自己的呼吸，站在或者不如说漂流在、浸润在这种湿腻、不透明的糊浆中，这既不像空气，也不像水，他现在知道了，不是因为他走得太快全身冒汗（他始终一动不动坐在他的靠椅上，四周是圣女似的年轻保姆、老人、孩子和装饰性树丛，一点没有改变），而是像一种由四种元素（水、土——灰尘——空气、热）平均组成的第五种元素，跟他的肉体、他的肌肉密度相同，温度上也没有明显差别，以致他的皮肤不再是一层外壳，外界宇宙与他的一条分界线，而是好像把一个总体中不可分离的部分一古脑儿包容在内，金属般的天空，房屋的单调划一的发黄外墙，人，气味和他自己的骨头——站在（就是他自己身体的这部分）他的另一部分面前，另一部分此刻的形式是一个长着黑猩猩头的人，坐在大酒店门旁人行道上的一把柳条椅上，重复（他自己这部分，就是大学生，小精灵）那同一个问题，从早晨以来这已经第三次了，然后不说了，等待着，有点儿喘气（也就是说在这个广大混乱的形式、气味、声音的杂居共处中，他能够听到两只软口袋迅速地装满又抽空，伴随着一个痛苦细微的吹哨声，通过这个吹哨声，他好像区别出这是庸俗的膀胱的裂缝和皱纹在涨满和排空时发出的轻微杂声），突然闪过一个好笑的念头，这是他弄错了，他以为坐在那里的人是酒店老板，其实根本不是，而是一个假人，就像格雷文博物馆里的人体模型或者集市上木屋入口处敲大洋鼓的机器猴，还可能——他想——就是格雷文博物馆的蜡像，因为，就像坐在长凳上的假参观者，他手里拿了一张报纸，虽然他根本不会读，也是低着眼睛看上面，也像蜡像，他的蜡耳朵也不会让他听到什么的，因为当他第四次提出他的问题时，他也没有动，显然是又聋又瞎；然后第二种假设（也就是说集市木屋中的机器猴）显得是正确的，不但因为他若不是一头黑猩猩，决不会想到那样打扮的，而且还因为当他动作时，完全是机器动物的动作，也就是说齿轮传动时有小小的时差：两条前臂在同步动作中放了下来，好像肘节联接在椅子的扶手上似的，放下报纸，同时眼皮抬起，完全像狒狒音乐家的眼皮，也就是说其他什么（两只小脚平行地放在人行道上，穿了一双黄皮鞋，闪闪发光，高腰身裤子，几乎系到胸前，像硬胸衣似的托住那只大肚子，衬衫袖子用一根松紧带勒到上面，领带夹夹住深紫色丝领带，上浆的领子上挂着两只猴腮帮），其他什么动也没动，除了浓密的眉毛，跟着眼皮同时往上抬，露出两只黑色小眼睛，又深又硬，现在带着一种恼火的神情，一种冷冰冰、静悄悄的怒意，通过无形笼子的无形木栅栏盯着他看，黑猩猩的薄上唇、厚下唇在巨大的颔面上微微蠕动：

“一个美国人？”然后嘶哑、喉音重的声音（完全像一个猴子的器官）停止了，只有两只小眼睛，狂怒，黑炭似的，细小，野蛮，埋在乱草似的眉毛下，在鼻梁根的两边，上面是一个扁平的脑门，贴着一绺黑发，好像一支画笔用一种肥而亮的颜料涂上去的，那种嘶哑嘟囔猴啼似的声音又响了，令人恶心，仿佛他在打嗝：“我怎么知道？这里有的是外国人。美国人。德国人。意大利人。哪国人都有。甚至还有来这里以前，可能从来没有见过床和床被的家伙也来了，他们给我看一张居住券，这些家伙他们……”他不说下去了，发生了什么不胜提防的胆怯的东西，遮住了他的小黑眼睛里的光芒，这时他盯住他，观察他，掂量他，声音又很快说了起来：“我该做的事就是给他们一个房间，没有别的。”重复说：“没有别的。没有别的，不是吗？”然后闭口不说了，突如其来的，不做任何预警，看不出他要沉默，也像刚才看不出他要说话，带着畜生的、狗的突发性停止吠叫了，两只又恶又小的黑玻璃或者黑炭眼睛始终铆住他，燃烧着一种冷冷的、不可消除的、欢乐的仇恨，当大学生说话时，那个声音（吠叫、打嗝）把他打断，甚至在他闭口以前，又叫人听在耳里，也是凶恶的，欢乐的：

“一辆汽车？因为我没事干啦，去管所有这些在半夜里停下又开走的汽车？因为我每次起床去看谁进来了，又是谁走开了，又是谁嗯……”大学生这次也在他把话说完前说话了：“那么您听到汽车啦！那么您……”然后感觉或者不如说凝视他自己的声音正在死亡，衰竭，这时那双一动不动、恶心恶意的小眼睛，盯着他看，继续不出声地在笑，充满一种黑色的喜悦，狗的声音又说了：“我听到许多东西……”然后闭口不说，又一次是那双眼睛，那种沉默，这里面有什么东西狂笑得连气也喘不过来，趾高气扬，大发威风，又是那个声音：“但是我只做跟我有关的事。我不管那些人从哪儿来。我也不管打听他们走的时候走到哪儿去。他们可没有要我给他们叫辆出租车。一路顺风。我做的事是收一张居住券给一间房。不收钱。收居住券。然后一路顺风，好……”大学生现在身子往前倾，可以闻到畜生的、尸体的、冷雪茄的、廉价香水的气味，现在几乎就在他的鼻子底下吼：“但是他的房间！您没有钥匙吗？他是不是把行李留了下来，您是不是……”然后，他又自动闭口不说了，这就是说，这次，他的声音接不上来了，背叛他了，溜号了，或者干脆就是放弃了，屈服了（显然是因为在另一人还没有开始说话以前，他已经知道他会对他说些什么，也都是他自己对自己说过的话），这时，那个老板，那个穿套装的狒狒，虽然他始终待在老地方，好像远离他了，现在不再是隔着无形的动物笼子的木栅栏，而是隔着不可逾越的玻璃、沉默和时间的厚墙，仿佛他缩小了关在这样一个玻璃箱里，在博物馆是用它们关那些可怕滑稽的机器人的，他的手很短，多毛的手指节上戴了戒指，抓在手里的报纸现在气得发抖，他的猴子领带，他的短一截的鼻子，他的小眼睛，他的假眉毛，他的染成磁漆般的一绺头发和他的耀眼的黄皮鞋，那个从胃部发出的声音，冷嘲热讽，叫人反感，从很远的地方传到他这里，好像穿过玻璃和时间的厚墙，说："您为什么要问我这个？您为什么要用您的那些烦事来烦我？我在这里没什么要说的。我不是老板。我的酒店已经征用了，他们也没问我的意见。您要是那么在乎要知道您的美国人去了哪儿，您为什么不去问那个提了他的步枪站在入口处的家伙？他在这里就只会坐在摇椅里摇来摇去，抽香烟，叫人给他送啤酒去。或许他也抽空附带看着谁进来谁出去的，既然原则上他在这里是干这件事的。您怎么不去问他还等什么？问他或者问他那天夜里在这里值班的伙伴？您还等什么？"然后他完全停止听他，听见他（这就是说他那迅速变矮、变小、变薄的部分，现在就只有一只穿得像猴子似的小玩偶那样的个儿和可笑的声音，一根小人国里的黑色魔草，恼怒，大耍妖法，无恶不作），而听到自己高声说（这就是他的另一部分，现在坐在一只长凳上，处于他的另一部分的中心，另一部分就是广阔的广场，四周又是你追我赶永无休止的小电车）："喂。很好。我在等什么？"看着老人拖着小步子走远（他扔掉了空袋子，又抓住了孩子的手）——正像他想的，他没有必要移动，影子现在罩在他身上，太阳消失在大酒店的屋顶后面，天空在凋谢丁香花色的拱顶上，白里稍带绛红，但是随着人抬起头来时，逐渐发青，颜色鲜明，在东边朝港口方向雾气腾腾，然后（不是饿了，因为他始终可以感觉啤酒在腹内抗拒消化，没法吸收），他想起他没有吃过中饭，一时间还压制自己不想站起来，走到广场一头的地下小便池，去吐出来，轻松身子（他若在那里会孤独，全身抽搐，四周是阿摩尼亚怪味，粪便、冷雪茄和除臭剂的刺鼻臭气，他在盥洗盆上身子弯得很低，两手扶着清凉、巴比伦式的磁砖墙壁，他的手指抠着磁砖的拼缝，听到这小间上面一条腿的人走来走去，拿了他的扫帚，叫得震天响，压倒抽水马桶的水声好跟那个收钱的一条臂的人对话，三四名擦鞋的人在楼梯下沿着墙壁排成一行，穿了黑衬衫黑裤子，前面是黑色小箱子，像（指驼背、独臂、擦鞋的）一些神或者不如说冒牌祭师，地下邪教的跛足和死神，寄身洞穴，钻入内脏的秘密王国的朝臣），不但要从腹内吐出啤酒，还要排除哈喇油或者不如说汽油的持久不散的恶味，清洗自己，解放自己，只是他走开去，就有可能错过他，这时从他坐的凳子上他可以看到所有进进出出的人：现在他们已经把机枪放回到了支架上，但是坐在台阶上面那张柳条椅的已不是原来那个中士，以致他有一时想到莫不是因为早晨发生的事他被降职或者受处分了，然后他又想起午饭时刻要换岗，显然他没有交待禁令，因为现在好像谁也没有要求看通行证，大家不是躺在台阶上，就是靠在通道上的小圆桌上，懒洋洋地抽烟吐痰，然后一辆有轨电车经过，把他们遮住，把他们在色彩强烈的广告后面藏了起来，触轮碰上电线的道岔一跳，“啪”地溅出一点火星，然后又嗞嗞开了过去，这时它横着穿过铜字牌前面：

北方银行

这些字沿着正立面大窗户上面的大墙排列，大窗户上有铸铁格子，栅栏中间嵌了一个圆形（栅栏的风格朴素，几何体，冷，银行的正立面光滑，上面整整齐齐布满方窗，没有花纹的石头窗框冷峻，简洁，像一张图样），铸铁格子重复这样的缩写：

B. I. N.

斜的触轮杆也就从左向右把它们斜切了六次，随着车子提高速度，它也愈切愈快，汽车与卡车从从容容去了又来了，装了一车车不变的货物——那些挥动杂七杂八武器的赤膊汉子，好像古代的角斗士，身上可笑地（为了使他们的战斗和死亡具有喜剧性，观赏性和侮辱性）披着半副盔甲或裹着一条绑腿布：有人戴头盔，有人不戴帽，还有人戴警察帽，上面一只绒球挂在额前，可能就是同一些人和物（同样的卡车，同样的角斗士）围绕着那一片房屋转过来又转过去，好像在歌剧中，那些跑龙套才下场又慌忙在布景后面奔跑，抢到另一边再上场，再在舞台上跑着过去，然后在灰扑扑的布景撑架和活动门窗之间再一次奔跑，为了匆匆忙忙赶上自己，或者像那些农民，为了皇后娘娘到了村上，让她恩赐一句“他叫什么啦”，好几次排队接受她这个白痴检阅：可能他们在城里兜圈子寻找找不见的敌人，寻找这个没有名字、没有面孔、没有外表的东西，终其一生就像传说中的犹太人那样漫无目的地流浪，永远不能歇息，好像这几群鸟，惴惴不安，连声哀鸣，野性十足，无休无止地一边飞一边呻吟，下面是一些看不见的东西，腐烂的尸体，奄奄一息的野兽，魔妖，生病的海怪，活着已经开始腐烂，不能游动，随着海浪涡流漫漫漂移，偶尔拨动波涛，尾巴有力可笑地一挥，空气中一阵恶臭；然后他看见了：就是说步枪，步枪的长枪管，下面是头颅，扇状的硬而野的头发，根据他的步子的节拍，在广场边的栏杆上升升降降，时隐时现，他于是从长凳上跳起，开始奔跑，叫他，有一个时候他可能听见了，因为他转过头来，虽然没有止步，他狭小的面孔包在小波浪的发冠中央，朝着他有一会儿，发灰，发皱，更像（下巴恰好触及栏杆边上，仿佛头脱离了身体搁在上面）印第安人经过处理做成拳头大的人头面具，抽干了血，受刑的样子，他的颧骨凸出，面颊凹进，眼睛空茫，除了死亡以外还保留了暴力和忧伤的不可抹去、不可磨灭的印痕：但是距离太远还看不到他的目光，只有面孔，死人面具，只是转过来朝着他（跨出三四步的时间），没有表情，空白的，然后又转回了过去，向左消失在夹竹桃树丛后面，然后又出现了（现在他差不多到了广场的东北角），以致始终在奔跑的大学生朝着墙角匝道往下走的楼梯斜插过去，三大步就下了楼梯，然后到了台阶下面，突然停下，两条腿叉开，耳朵嗡鸣，重新急速喘气，向周围探望，然后又沿着北边跑了起来，然后又停下，急速侦察马路，然后又朝广场的角落回去，在楼梯前不停留走了过去，向右转，放慢步子，现在小跑步，同时向周围探望，然后再直立在人行道上，拿不定主意，头向四边转来转去，直至看见小便处的入口又钻了下去，急急走下台阶，最后留在那里，处于发臭的、水淋淋的宁静中，瓷砖墙壁飕飕发出冷光，他大声喘气，能够感觉身上又是淌着这种发腻发热黏乎乎的东西，现在是一个人：那时他将会进去的，走上四层楼——因为电梯始终停开，或许是一旦卡住永远卡住了——他走进办公室，在烧焦的梁柱之间（可能那些东西还在：可笑的罩了褪色的、王室的、临终的粉红丝套子的美人榻，主教座椅，锌板面长桌子），他们那些人都在，小学校长、意大利人、秃头、美国人，他们的面孔深不可测，疲劳，平静，兴奋——可能有点干枯，有点木乃伊化，有点灰扑扑——但从那里始终散发出这种不可征服的、不可摧毁的东西（不是一种信仰，一种虔诚，甚至不是一种确信，更不是对正义的肯定：只是知道好也罢，坏也罢，事物不可能换个样），他们将会接待，毫无笑容，毫无热情，甚至毫无一种看得见的同情表示：只是匆匆看一眼，没有表情，中性的，仿佛他来这里，来找他们，虽然迟到了一会儿，都是很自然的，仿佛他们即使过了那么多年，始终料到他最后还是会来找他们的，重又开始讨论在他进来以前他们正在讨论的东西，说话不多，语言简明，美国人有点儿冷嘲热讽的，不抱幻想，说这没有什么奇怪的，他知道这会发生的，他一直说步枪总有一天会不声不响地响起来的，因此最好从一开始，在让这些人终日带了枪支像小孩带了新玩具似的以前，教他们怎样用枪，甚至先教怎样背枪……但是在小便池里面，这不会发出多大的声响，最多像发动机点不上火，没有人受惊，只是让鸽子吓了一跳（蓬巴杜式灰的鸽子，嗉囊鼓鼓的，颈部彩色斑斓，发出铜红色、彩虹色的反光，爪子钩曲凹凸，指甲很长，目中无人，珊瑚色，在楼前广场多灰的砾石路上一伸一缩前进——或者停在喷泉的边沿上，承水盘的井栏四壁密布平面绿色植被，盘里的水是黑的，像明胶，横流，滚过不易察觉的回流，也引起不易察觉的波动），都一起飞了起来，空气摩擦，翅膀振动，发出嘈杂的沙沙沙，像是嘲弄和愚蠢的鼓掌声，又集中，形成桌布似的一片，平面，不可预测，疯狂，拉成点点虚线，往上飞，盘旋升高（像侧翼斜飞的飞机），在广场上画出一个巨大的圆圈——广场上有街头摄影师，他们的图片用夹子夹住，排成鳞状展览，灰色照片上的人物神气庄严，不是牧民的头，就是农民的头，脸上带点僵硬、傲慢、惶恐的尊严，人依靠武器时都免不了有这样的表情——穿便鞋的老人手里携了一个孩子（现在停下了——老人和孩子——抬起头，眼睛跟着高空令人激动的飞鸟），行人停下了，也抬起头，情人相互搂着，斯文，风烛残年的老人坐在长凳上，偷偷取出包在报纸里的东西，一边向四周匆匆投去不信任、阴暗的目光，一边贪婪地咀嚼（一双土色龟裂的手把报纸团成一团，飞快地往树丛中扔，刚落在上面迅疾地一抖动，像临终惊跳，像最后咽气，纸又张开躺在那里，然后不再动了，花丛里到处点缀这些撕碎的灰点子，像一只只死鸽子），鸽子的飞翔声第二次又来了，大酒店的正立面有星状弹孔的玻璃大窗户，八十扇窗子，玫瑰色圆顶，避雷针组成的花边图案，鸽子在前面盘旋和鼓掌，然后升上屋顶冲天飞进了阳光里（也就是说它们越过了影子与大酒店之间无形的分界线（影子几乎与大酒店一般高，夕阳的光线差不多是平的），飞进了看不见的光层，在那里它们起初是背光的，在黄色天空里变成紫灰色，然后当它们斜飞时，又从反方向回来，蒙了一层光，金属似的，总是向上升，城市处于它们下面，在九月闷气的傍晚纷扰困惫：这还不是黄昏，但是快了；现在，还有一会儿，西斜的光线把方方正正的大街小巷刻成了条条黑线，从港口过来的栗色雾霭紧逼着光线步步后退，填满深而潮湿的石头沟壑，直至太阳突然消失在西边连绵的丘陵后面，在游乐园的钟楼和大轮子的骨架后面，游乐园现在被遗弃在橙黄色的天空下，城市本身也被遗弃了，在不变的绿色弧电灯光下孤孤单单，那些复杂的路灯先后点亮，像戏院里的脚灯；城市好像一位在分娩的王后，一个人留在宫殿里，因为这时候谁都不应该看到她，从她汗水淋漓的腰间要生出、要排出应该生出和排出的东西，一个活不长的、退化的大头小妖怪（美国人说），最后，一切都不动了，要掉下来了，她在那里躺着，精疲力竭，喘着粗气，没有希望这一切会结束，身子随着不停的、细微的、无谓的流血而空了：不是剖腹，不是刀扎，仅是一点点血，从身体中央一条细小看不见的裂缝里不停地渗出，往外流，一堆血，不久成了一摊血，在地下小便池的地砖上慢慢流淌扩大，在小便池的走廊里，在令人透不过气的气味中，背靠着瓷砖墙壁，总是站着一排彬彬有礼的擦鞋人，头发像乌鸦的翅膀，全身穿黑（衬衫和裤子），形成一条直线，耐心，随时服务，可怕，挨饿，面前放着他们用钉子钉的小箱子，好像古代神秘的百宝箱，玲珑滑稽的儿童棺材。